中华文化元素丛书

ZHONGHUA WENHUA YUANSU CONGSHU

第二辑

冯天瑜　姚伟钧　主编

对联新谭

刘太品　著

長春出版社

全国百佳图书出版单位

图书在版编目(CIP)数据

对联新谭 / 刘太品著. -- 长春 : 长春出版社,
2022.5
(中华文化元素丛书 / 冯天瑜,姚伟钧主编. 第二辑)
ISBN 978-7-5445-6698-8

Ⅰ. ①对… Ⅱ. ①刘… Ⅲ. ①对联-文化研究-中国
Ⅳ. ①I207.6

中国版本图书馆 CIP 数据核字(2022)第 072519 号

对联新谭(中华文化元素丛书第二辑)

著　　者　刘太品
责任编辑　张中良
封面设计　郝　威

出版发行　长春出版社
总 编 室　0431-88563443
市场营销　0431-88561180
网络营销　0431-88587345
地　　址　吉林省长春市长春大街309号
邮　　编　130041
网　　址　www.cccbs.net

制　　版　长春出版社美术设计制作中心
印　　刷　长春天行健印刷有限公司

开　　本　787毫米×1092毫米　1/16
字　　数　216千字
印　　张　18.5
版　　次　2022年5月第1版
印　　次　2022年5月第1次印刷
定　　价　68.00元

总 序

一

由别具慧眼的长春出版社策划的本丛书，以蕴含中华文化元素的诸事象为描述对象，试图昭显中华文化的特质、流变和前行方向。

“元”意谓本源、本根，“素”意谓未被分割的基本质素，合为二字词“元素”，原为化学术语，本义是具有相同核电荷数（即相同质子数）的同一类原子的总称，如非金属元素氧（O）、金属元素铁（Fe），是组成具体自然物——氧化铁（Fe_2O_3）的基本质素。

作为化学术语的汉字词“元素”，由日本江户时代的兰学家宇田川榕庵（1798—1845）在所著《植学启原》（1834）和所译《舍密开宗》（1837）中创制，是对荷兰语 grondstof 的意译。清末来华的美国长老派传教士丁韪良（1827—1916）在《格物入门》（1868）中创汉字词“原质”，意译同一西洋术语（英文为 element）。清末民初，汉字词“元素”自日本传入中国，逐渐取代“原质”。1915 年，中国科学社董事会会长任鸿隽（1886—1961）在《科学》杂志第一卷第二号上发表《化学元素命名说》，为中国较早使用“元素”一词的案例。①

在现代语用实践中，“元素”这一自然科学术语被广为借用，泛指构成事物的基元，这些基元及其组合方式决定事物的属性。“文化元素”指历史上形成并演化着的诸文化事象中蕴藏的富于特色、决定文化性质的构成要素。

本丛书论涉的“中华文化元素”，约指中华民族在千百年的历史进程中（包括在与外域文化的交融中）铸造的具有中国气派、中国风格、中国韵味的基本质素，诸如阴阳和谐、五行相生相克、家国天下情怀、民本思想、忧患意识、经验理性导引下的理论与技术、儒释道三教共弘的非排他性信仰系统、区别于拼音文字的形义文字及其汉字文化，等等。它们生长发育于中华民族生活方式、思维方式的运行之间，蕴藏于器物文化、制度文化、行为文化（风俗习惯）和观念文化的纷繁具象之中，并

①聂长顺，肖桂田：《近代化学术语元素之厘定》，《武汉大学学报》（人文科学版）2010 年第 6 期。

为海内外华人所认同。

二

文化的各个不同级次、不同门类包含着各具个性的中华元素。如水墨画的书画同源、墨分五色，武术的技艺合一、刚柔相济、讲究武德，园林的天然雅趣和“可居可游可赏”追求，民间风俗文化涵泳的吉祥、灵动、热烈、圆满，建筑中使用“中国红”（体现生命张力）、中轴线、对称与不对称美感，等等。

汉字及汉字文化是中华元素的一个案例。

世界各种文字都是从象形文字进化而来，多数文字从象形走向拼音，而汉字则从象形走向表意与表音相结合的“意音文字”，近有学者将汉字归为“拼义文字”，即注重语义拼合的文字：首先创造多个视觉符号作为表达万象世界的基本概念，然后将这些符号组合起来，用小的意义单位拼合成大的意义单位，表达新事物、新概念。①

自成一格的汉字创发于中国，是世界上仅存的生命力盎然的古文字，它主要传播于东亚，成为东亚诸国间物质文化、制度文化和精神文化互动的语文载体。在古代，中国长期是朝鲜、日本等东亚国家的文化供给源地；至近

①张学新：《汉字拼义理论：心理学对汉字本质的新定性》，《华南师范大学学报》（社会科学版）2011年第4期。

代，日本以汉字译介西方文化，成效卓异，日制汉字词中国多有引入。汉字在汉字文化圈诸国所起的作用，相当于拉丁文在欧洲诸国所起的作用，故有学者将汉字称为“东亚的拉丁文”。汉字是中华文化系统中影响最为深远广大的文化符号。

20世纪初，日本学者内藤湖南（1866—1934）提出“中国文化圈”概念，指以中国为文化源及受中国文化影响的东亚地区，日本是“中国文化圈的一员”，他在《中国上古史》中说：“所谓的东洋史，就是中国文化发展的历史”，是以汉字为载体的中国文化在东亚地区传播的历史。[1]此论阐发了汉字这一中华元素在东亚文化圈的重要意义。

中国人在20世纪30年代即对日本学者提出的东洋文化史观做出回应，傅斯年（1896—1950）在1933年著《夷夏东西说》，概括东亚文化的特别成分：

> 汉字、儒教、教育制度、律令制、佛教、技术。[2]

这是中国学者对东亚文化圈的要素即“中华元素”做出的提取。

承袭内藤说，日本的中国史学家西嶋定生

①［日］内藤湖南：《中国上古史》，《内藤湖南全集》卷十，东京：筑摩书房，1997年。

②傅斯年：《夷夏东西说》，《中央研究院历史语言研究所集刊》外编第一种，1933年。

(1919—1988) 在二战后所著《东亚世界与册封体制——6—8 世纪的东亚》中指出，东亚世界存在一个以中国为册封中心，周边诸国（日本、朝鲜）为册封对象的“册封体制”，从而提出东亚地区的一种“文化圈”模型。西嶋定生在《东亚世界的形成》中概括汉字文化圈的诸要素（或称“中华元素”）：

> 一、汉字文化，二、儒教，三、律令制，四、佛教等四项。其中，汉字文化是中国创造的文字，但汉字不只使用于中国，也传到与其语言有别又还不知使用文字的邻近诸民族……而其他三项，即儒教、律令制、佛教，也都以汉字作为媒介，在这个世界里扩大起来。①

1985 年，法国汉学家汪德迈在《新汉文化圈》一书中论述“汉文化圈”的特点：

> 它不同于印度教、伊斯兰教各国，内聚力来自宗教的力量；它又不同于拉丁语系或盎格鲁–撒克逊语系各国，由共同的母语派生出各国的民族语言，这一区域的共同文化根基源自萌生于中国而通用于四邻的汉字。②

① [日] 西嶋定生：《东亚世界的形成》，参见刘俊文主编，高明士等译：《日本学者研究中国史论著选译》第二卷，中华书局 1993 年，第 88 页。
② [法] 汪德迈：《新汉文化圈》，陈彦译，江西人民出版社 1993 年，第 1 页。

这里着重表述“中华元素”之一种——汉字的功能，汉字深刻影响东亚人的思维方式和表达方式，使汉字文化圈成为一个有着强劲生命活力的文化存在。

三

“中华元素”并非凝固不变、自我封闭的系统，它具有历史承袭性、稳定性，因而是经典的；具有随时推衍的变异性、革命性，因而又是时代的，2008年北京奥运会开幕式表演突显四大发明，2010年上海世博会中国馆采用中国红，皆为古老的中华元素的现代展现；中华元素是在世界视野观照下、在与外域元素（如英国元素、印度元素、日本元素、印第安元素）相比较中得以昭显的，故是民族的也是国际的，是中国的也是世界的。美国好莱坞动画片《功夫熊猫》《花木兰》演绎中华元素并获得成功，便是一个例证。

文化元素并非游离于文化事象之外的神秘存在，它们从来都与民族、民俗、民间的文化实践相共生，始终附丽并体现于器物、制度、风俗诸方面的具体文化事象和文化符号之中。中华元素之于文化事象，如魂之附体，影之随形，须臾不可分离。从诸文化事象（如江南园林、八大菜系、春节中秋等节庆、书画篆刻、昆曲京剧、武当少林功夫）的生动展现中提取中华元素的魂魄，昭显大众喜闻乐见的文化符号（如深蕴和谐精义的太极八卦图，代表四方、四季的“四灵”——青龙、白虎、朱雀、玄武，代表中央的麒麟）包蕴的精义，是本丛书的使命。

本丛书由阐发体现中华元素的若干文化事象（如园林、饮食、节庆、书画、宫殿、戏曲、服饰、汉字、武术、钱币、宗族、书院、姓名、茶等）的系列作品组成。

中华元素是构建当代中国文化及其核心价值体系的基本成分之一，是塑造国家形象、提升国民精神的重要资源。开掘并弘扬中华元素，有助于加深中国文化对国人的感召力、亲和力，增强历史敬畏感和时代使命感，提升民族自信心和文化传承创新的自觉性。

抉发中华元素还有一层意义：通过蕴藏中华元素的文化事象、文化符号，彰显可亲可敬的中国风格，奉献给异域受众，增进国际传播，推动中国文化“走出去”。

本丛书的选题及其撰写沿着“即器即道”的文化史路数，避免一味虚玄论道，也不停留于文化现象的就事论事，而追求道器结合——于形下之器透现形上之道，又让形上之道坐实于形下之器，使中华元素从文化事象娓娓道来的展示中得以昭显。

冯天瑜
2016 年 10 月
于武汉大学中国传统文化研究中心

前　言

对联是中国传统文艺百花园中的一朵奇葩，是中华文化所特有的一种文学艺术式样，虽然经历了近代以来社会与文化上的巨大断裂，但它却仍在顽强地生长。即便在全球化浪潮涌动的今天，在每一个村落，在每一处景区，在商店的厅堂上，在社区的门户间，在唐人街里，在互联网中，只要有华人、讲汉语的地方，总会闪动对联文化的身影。2006 年 5 月 20 日，“楹联习俗”被国务院列入首批国家级非物质文化遗产名录，编号为 X–62，楹联习俗不像其他民间艺术或技艺有特定的“传承人”，因为中华民族的每一分子都是传播对联文化的主体。

对联文体可以说是中国古典文学中最后定型的一种文体形式，对联文化也是直到近代才达到了它的全盛，其兴盛程度成为历史文化长河中的奇观：上到金銮宝殿，下到乡间茅舍，光阴中的四时八节，社会里的千行百业，乃至一个人从出生、入学、结婚，到乔迁、寿诞、去世的每一个场景中，对联都是必不可少的文化符号。对联不仅是汉族的文化传统，它还深深影响到了许多少数民族的习俗和文化，同时还随着华人的迁徙被传播到五洲四海。如果说一副火红的春联是中国春节最典型的象征的话，那么对联文化无疑可以称为中华传统文化的一张亮丽的名片。

但是，与对联文化的地位极不相称的，是对联学术研究和学科地位的缺失。以梁章钜的《楹联丛话》为代表的一系列“联话体”著作，主要限于文学方面的评论；以胡君复的《古今联语汇选》为代表的个别对联总集类著作，主要致力于作品的整理；以蔡东藩《联对作法》为代表的多种“对联作法”类图书，主要针对“技术”的推广。近四十年来对联一直没被主流学术研究机构接纳，虽然社会上出现了多种“对联学”方面的专著，但总体而言，或偏于常识方面的介绍，或偏于格律方面的梳理，至今还没有一部从文化学的宏观视野与文体学的微观视角，全方位、多层次地对对联文化进行阐述的“对联文化学”著作。此次借《中华文化元素丛书》的编纂之机，本书作者尝试在这一方面进行一些初步的探索。

本书试图从哲学、语言学、民俗学、文学等诸多角度，对于对联进行更为精细的描述，可以说是“对联学”的一种全新的叙事方式，所以冠以《对联新谭》之名。本书贯穿始终的学术思想可以概括为“二层”和“三性”，即首先从宏观上把对联区分为狭义的“对联文体”和广义的“对联文化”两个层面，对联文体只是文学意义上的概念，而对联文化则为社会文化意义上的概念。其次，坚持作者早年提出的对联的本质属性是包括了“文学性”“实用性”和“谐巧性”的三位一体的观点，明确对联包含着文学的、民俗的和游戏的三方面的基因，从而划定对联文体在文体国度中所占据的坐标位置，明确与韵文，尤其是诗歌之间的从属关系，也使各种复杂的对联门类之间形成相互联系的有机整体。本书首章阐述对联的概念，厘清了“对联文体”与“对联文化”的分野，力图使读者对其全貌有个整体的把握；第二章则从口头巧对、习俗偶句和对联文体与作家三个侧面，描绘了对联的发生史和发展史；第三章至第五章则分别从文学性、实用性和谐巧性的角度，全景式地展现了各门类对联作品的神奇魅力；最后一章则从空间角度讲述了对联文化向少数民族语言文字以及海外的拓展，并介绍了对联文化在当代的最新发展情况。

本书所试图构建的对联文化体系，横跨了众多的学科，涉及大量的史料，但始终坚持“广博的视野”与“缜密的论证”相结合。在许多史料的甄别和使用上，在一些结论和观点的形成上，努力践行“大胆假设，小心求证”的科学态度和严谨学风。书中对一些流传已久的观点持否定态度，但这些否定都是合乎情理的，如对朱熹题赠联和书院联的怀疑，以及对朱元璋下旨推广春联事件的否定等。在此基础上得出了一些颠覆性的结论和全新的见解，但都力求资料的翔实和论证的严谨，如提出“春联习俗的民俗学源头应是春帖子而非桃符”，以及“对联文体的产生应在明代中早期”等。

由于对联文体产生的时间短，文化基因又过于复杂，所以始终被正统的文学界视为“小道”，晚近的学术专家们也在有意无意间忽视甚至无视对联的存在，所以关于对联的学术研究，可以说至今还是一片未被开垦的处女地。要搭建一个完整而科学的对联理论体系，最大的困难是对联史料的可信程度普遍偏低，大量资料只是见于笔记野史、族谱方志甚至是故事传说，要在这些真假难辨的海量资料中，理清对联的历史脉络和空间结构，的确有盲人摸象之虞。如前所说，本书在这方面只是做了一个初步的探索，加之从接受稿约到成书仅半年多时间，对于俗务相缠、尘劳久困的我来说有些勉为其难，所以书中定有很多不妥之处，敬请有志于中华传统文化复兴的读者诸君，批评指正。

著　者

2021 年 3 月

目 录

目　　录

第一章　正名辨体

我们在谈论对联时，谈论什么？不同知识背景和人生经历的人，对于对联的认知是千差万别的，一个书法爱好者、一个诗词爱好者与一位民俗学者心目中的对联，会有着本质的不同，那么，如何客观全面而又科学严谨地来描述对联呢？本章主要是在中华文化的大背景下，寻求对联得以产生的文化渊源，从而明确对联在文学以及在社会文化中的位置。然后，从对联文体和对联文化两个层面上，界定对联的概念，分析对联文体的特点，探讨对联文化的宏观面貌及其细部构成。

第一节　文化渊源

一　哲学心理学层面

1. 东方哲学的基础

说起对联，人们的第一印象，就是上下联相对的两句式结构。对联的上下联词性相对、平仄相反，但又共同表达统一的主题，这种既对立又统一的形式特点，极为符合中国人的宇宙观和自然观。

华夏初民已经观察到自然界中存在着两两对立的事物，如天和地、昼和夜、阴和晴、寒和暑、雌和雄等，所以其最初形成的观念也是两两对立的。这种模糊和零散的观念，最终升华成了形而上的哲学思想——《易经》中的“阴阳相生相克”的世界观。《易经·系辞上》说“一阴一阳之谓道”，肯定自然界中阴阳、动静、刚柔等两种相反势力的“相摩”“相荡”，是事物发展变化的普遍规律。老子在《道德经》中也表达了同样的哲学思考：“万物负阴而抱阳，冲气以为和。”（《第四十二章》）并且，老子指出这对立的两面是相互依存、相互转化的：“故有无相生，难易相成，长短相形，高下相倾，音声相和，前后相随，恒也。”（《第二章》）

图1-1 太极图

对阴阳思想最形象、最直观也最精到的呈现，就是我们所谓“黑白鱼”的太极图，而真正把阴阳思想作为民族文化的精髓并能影响达数千年之久的，非中华民族莫属。从传说中的伏羲到周文王，到老子孔子，到魏伯阳，到陈抟周敦颐……一代一代地继承与丰富，图解与阐释，使阴阳学说日趋完善，启迪人们：在矛盾对立中走向和谐统一，是事物发展的终极目标与永恒动力。这一规律大到天地，小到人体，无不适用。刘勰在《文心雕龙·丽辞》中就开宗明义地说道：“造化赋形，支体必双；神理为用，事不孤立。”说明对偶修辞也是建立在这个传统哲学的基础上的。

2. 民族思维方式的影响

世界观决定方法论，也直接影响一个民族的思维方式和审美心理，从而决定民族文化传统的基本走向。上古人类的思维方式，基本上是原始的线性思维方式，阴阳对立统一思想的形成，促使中华先民从一维的线性思维方式迅速地跃升到二维的对称思维方式，以及更为跳跃的类比思维方式，这种跃升应该是中华文明在先秦时代就迅速发展和早熟的深层原因。之后的两千多年中，中华文化从政治理念、伦理道德到军事思想，从史学、历法、语言、医学、民俗一直到各个门类的文学和艺术，无一不浸透了阴阳对立的思想，同时也普遍使用对称的和类比的思维方式来进行分析判断。当然，这种思维方式的跃升既是一种巨大的进步，但同时又蕴含着巨大的风险，因为线性思维虽然原始，但如果以形式逻辑来作为支撑，则会成为人类理性的坚实基石，在此基础上上升到线性发散思维，以及非平面、立体化、无中心、无边缘的网状结构的非线性思维，则会产生一种更为“科学化”的人类文化。而缺乏逻辑的和缺乏事物内在联系的那种对称思维和类比思维，则容易把文明引向过度感性的、缺乏实效和无法检验的玄虚之境。不过，至少在文学艺术领域来说，对称的和类比的思维方式是占据了得天独厚的条件，因为文艺创作适合于感性的、跳跃的、非线性的思维方式。

直到今天，我们在创作对联时，最为主要的思维方式还是对称思维和类比思维。诗词和楹联虽然是相近的艺术门类，但比较而言，诗词的写作一般以线性思维为主，如李白的《峨眉山月歌》：“峨眉山月半轮秋，影入平羌江水流。夜发清溪向三峡，思君不见下渝州。”诗中的每一联在内容上都是两两连贯的。只有少数诗歌全部采用对称的及类比的思维方式，如杜甫的《绝句》：“两个黄鹂鸣翠柳，一行白鹭上青天。窗含西岭千秋雪，门泊东吴万里船。”诗中的每一联在内容上都是两两对举的。但是两联结合在一起，却构筑了一个立体化的时空。有些诗词还会进行时空切换手法，如李商隐的《夜雨寄北》：“君问归期未有期，巴山夜雨涨秋池。何当共剪西窗烛，却话巴山夜雨时。”第二句是眼前景，第三句切换到幻想中未来相见的场面，最后又回归现实中，寥寥数句间时空回旋变化。在诗词的写作中，常常会用到形象、想象、直觉、灵感、妙悟等模糊的、跳跃的、不可预测性的非线性思维，但这也是建立在线性思维上的发散思维和立体化思维。对于律诗来说，也经常会有对称的及类比的思维方式的参与，但是放到整个篇章来看，其起承转结的安排却是一个线性思维的过程。而到了以对偶为唯一要求的文体——对联时，通常都要以对称的和类比的思维方式来进行创作，如林则徐的对联：

海到无边天作岸；
山登绝顶我为峰。

而只有极少的“流水对”，在运用对偶修辞的同时，在内容上还能以线性的思维来表达，如唐寅的自题联：

一失足成千古恨；
再回头是百年身。

3. 民族审美心理的显现

从审美心理角度讲，在中华民族的审美心理中，从来都对整齐性和对称性有着先天的偏爱。从观念的层面上说，基本上所有的观念都存在其对称的观念，有些是对立的，如虚实、强弱、得失、穷达等；有些是并列的，如家国、身心、天人、诗文等。从制度层面来说，帝的君临天下与后的母仪天下、文能治国与武可安邦、史官的左记言右记事等，都体现着对称的原则。从器物层面来说，大到城市、宫室和宅第的布局，小到门窗的形制和家具的造型，无一不力求对称和均衡之美。对称性是客观的、自然的世界固有的属性，所以各民族文化中都有对于对称美的追求，但中华文化在这方面的表现更为突出。

中国传统文化讲究“奇正”的配合，正如李兆洛《骈体文钞序》说：“阴阳相并俱生，故奇偶不能相离，方圆必相为用。道奇而物偶，气奇而形偶，神奇而识偶。”特别在主流文化中，更讲究以正为主、以奇为辅方合大道，所以涉及“正”的方面，如宫

图1-2　古代宫殿建筑

殿、庙宇等建筑，一般都必须是对称的，文艺方面，“台阁之制，例用骈体”；但在涉及“奇”的方面，如园林艺术、草书及绘画艺术等方面，则刻意追求非对称、非均衡的布局。具体到某一文艺门类，比如对联，也是讲究奇正相生的，有许多好的对联，就是在总体对称的情况下，在局部制造一些“对称性破缺”，或是甚宽和极工的对偶配合使用，反而产生一种更为洒脱飘逸的艺术感染力。如题在四川的叙永雪山关的对联：

是南来第一雄关，只有天在上头，许壮士生还，将军夜渡；
作西蜀千年屏障，会当秋登绝顶，看滇池月小，黔岭云低。

上下联的后半部分对偶精工，但前半部分对偶较宽，“屏障”为并列结构，“雄关”却为偏正结构，以“来”对“蜀”更是明显失对，但全联气势反觉更为雄壮高远。或许著名物理学家李政道的一句话可以解释这种矛盾的感觉，他说：“艺术与科学，都是对称与不对称的巧妙组合。”

二 语言学民俗学层面

1. 汉语言文字特点所生发

说完传统哲学、民族思维方式以及审美心理这些较高但也较虚的层面，接下来我们要从对联最基本的载体——汉语言文字的层面来追寻对联文化发生和发展的源头。

汉字是意音文字，在汉语里，单音节语素占绝对优势，这就形成了汉字音、形、义统一的特点。汉字是由笔画构成的方块状文字，所以又叫方块字。方块汉字犹如砖块，非常适宜堆砌起整齐如“豆腐块”一样的古典诗歌。同时，若用同长度的两行文字对称排列，字义的分类一一相对，这就形成了汉语中使用最为广泛的修辞方式——对偶。相比较而言，拼音文字因为由字母构成，每个单词长度不一，想要整齐已经很难，再想形成上下对称的对偶句，那就近乎不太可能了，所以，对联也可以说是基于方块汉字的为中国所独有的一种文艺形式。

汉字是音、形、义合一的文字，其中的“音”有一个不同于其他语言的特点，就是汉语的“声调”。在现代汉语语音学中，声调是指汉语音节中所固有的，可以区别意义的声音的高低和升降。声调在上古的汉语中可能就已经存在，但六朝以前，没有四声的名称，陈寅恪先生认为受佛经转读的影响，古人才对汉语的声调有了觉察。四声之说，始于南北朝的沈约（441—513）、周颙等人，尤以沈约为代表。《南齐书·陆厥传》中说：

> 永明末，盛为文章。吴兴沈约、陈郡谢朓、琅邪王融以气类相推毂。汝南周颙善识声韵。约等文皆用宫商，以平上去入为四声，以此制韵，不可增减，世呼为“永明体”。

《梁书·沈约传》中说：

> （约）又撰《四声谱》，以为在昔词人，累千载而不寤，而独得胸衿，穷其妙旨，自谓入神之作。

沈约把四声运用到五言诗的创作中，并对出现的声病提出了“八病”之说。后人把“平上去入”四声中“平”之外的三声合并为“仄”，然后运用“一句之中平仄双双交替，两句之间平仄相对，两联之间平仄相粘”的规律，制定出近体诗的格律。骈文的发展，也受声律学影响，在南朝齐梁时代已登峰造极，“骈四俪六”句式开始定型化，音韵声律要求和谐，对句的节奏点要求平仄相反，一句之中平仄换用。对联文体的滥觞，就是直接继承了格律诗和骈文中对于平仄声调的要求。

说到汉字，还需要提到汉字的书写习惯对于对联形成的影响。从刻刀在竹简上刻字到毛笔在宣纸上写字，由于汉字的书写工具和书写载体的限制，使得汉字更适合于竖向排列，这种竖向排列，就与楹柱和门框处在了同一个方向上。由此看出，汉字的书写方向也会对于对联文体的最终出现产生很大的影响。

2. 对偶修辞的发展

修辞是加强言辞或文句效果的艺术手法，而修辞学则是研究修辞的一门学科，主要研究的是辞格（通常所说的修辞方法）、言语修辞活动（主要与语境、语体有关）、言语风格等。汉语中最早的“修辞”一词出现在《易经》中的“修辞立其诚”，“修辞”是修饰文辞的意思。

如前所说，汉字是形、音、义合一的方块文字，汉语的语素以单音节为主，而且，古代汉语中的词，大多数是单音节的，这一特点使得汉语非常容易组合成音节相等、抑扬交替、意义对称的语句，即我们所谓的对偶语句。现代汉语中词以双音节为主，但其构成部分为古汉语的单音节词，仍然有相对的独立性，依然适宜构成对偶语句。

对偶也叫骈偶、俪辞和对仗，一般是指运用字数相等、结构相同或相似的一对词组和句子，来表达相似、相连或相对内容的一种修辞方式。《诗经》中就有大量对偶的句子，先秦诸子散文甚至于史传中也夹杂着不少。至汉赋兴起，对偶修辞开始在文章中集中大量使用，这甚至影响到其他文章体裁，如有人曾统计《史记》130篇，共出现对偶句4201处。魏晋南北朝时期甚至产生了一种全篇句式整齐，普遍使用对偶句法的文体——骈体文，并成为那个时代占压倒优势的主流文体；到了唐代，出现了中两联必须使用对仗的律诗，并成为当时及之后诗人最常用的体裁。不仅如此，对偶更被歌谣谚语、歌诀蒙书、公文判词等等文学文体及实用文体所广泛使用。在文学创作和生活实际中这样大量使用对偶的语言形式以达到特定的目的，是由汉字的特点所提供的一种独特的实用性修辞手段，为别种语言社会所少见。

虽然唐宋时期出现过反对骈俪之风的“古文运动”，但通篇对偶的骈文与不对偶的散文始终处于势均力敌之态，中两联必须对仗的律诗与不强求对偶的古诗也处于分庭抗礼之势，本是普普通通的几十种辞格之一的对偶，竟然发展到占据修辞半壁江山的“一格独大”。不仅如此，骈体文与律诗的定型，也使对偶超越了单纯的修辞范畴，而进入了“文体要素之一”的更高层次。

由于对偶在各类文体中的广泛运用，特别是对仗在律诗中的集中运用，使得对偶辞格内部千变万化出无数法门，与之相对应的是不少学者开始了对于对偶格的研究和分类工作。南北朝时期的刘勰是修辞学史上第一个对对偶格起名并进行详细分析的人，他在《文心雕龙·丽辞》中论述了俪辞的形成原因、源流发展、基本类型、常见弊病以及写作的总体要求。唐人在刘勰工作的基础上，进行了更详尽更深刻的论析，如僧皎然的《诗议》：

> 诗对有六格：一曰的名对。二曰双拟对。三曰隔句对。四曰联绵对。五曰互成对。六曰异类对。
>
> 诗有八种对：一曰邻近。二曰交络。三曰当句。四曰含境。五曰背体。六曰偏对。七曰假对。八曰双虚实对。

李峤的《评诗格》、王昌龄的《诗格》等书都有对于偶格的分析，特别是日本僧人遍照金刚的《文镜秘府论》更是详细总结了“二十九种对”，可谓十分精详。

宋元时期，宋词元曲的创作实践使得对偶辞格演化出更加繁复的变化形式，以适应于词曲这些新的文体形式的需要。如：周德清的《中原音韵·作词十法》于“对耦”一条下概括出“扇面对”“重叠对”“救尾对”等对偶格。之后元人散曲对这些对偶格进行了全方位的拓宽。明代朱权的《太和正音谱》也总结了适于元曲的各类“对式”：合璧对、连璧对、鼎足对、联珠对、隔句对、鸾凤和鸣对、燕逐飞花对、叠句、叠字等。

古人对于对偶辞格的概括总结，虽然有细致详尽之处，但总体而言却是纷繁杂乱的，只有在现代修辞学理论体系建立之后，对偶辞格的研究真正趋于科学化和条理化。陈望道的《修辞学发凡》把对偶列为积极修辞中章句上的辞格，他指出："对偶所以成立，在形式方面实是普通美学上的所谓对称。"

总之，骈体文与律诗的定型，使对偶超越了单纯的修辞范畴，而进入了"文体要素之一"的更高层次，但对偶修辞还继续沿着这个方向发展，最后终于形成了以对偶作为"唯一的文体要素"的独立的文体——对联，完成了文体学意义上的终极提升。

3. 民俗的孕育

对偶修辞发源早，运用极为普遍，但由对偶修辞到对联文体的质变并不是因文学的内在规律而自发产生的，而是借助了一个必不可少的母体——民间习俗。形象地说：对联的父系是文学，而其母系却是民俗，文学与民俗的结合，孕育了对联文化，最终产生了对联文体。

学者历来认为，对于对联产生做出了决定性贡献的民俗项目，就是年节桃符习俗。桃符习俗形成于汉代，先是在春节时以桃木人立于门前，后改为用两个桃木橛子勾勒出两位抓鬼的仙人"神荼、郁垒"的轮廓，分别插在门户两旁地上，再后来在两块桃木板上分别写上"神荼、郁垒"挂在门的左右，到宋代发展到既画神像又书写祈福文字。北宋初年，后蜀国君孟昶于春节在桃符上题写了"新年纳余庆，嘉节号长春"，因语谶而被载入《宋史》，也是实用性楹联出现的标志。至南宋和元代，这种在桃符上题写偶句的情况慢慢增多，导致明代前期以红纸书写春联这一新民俗的出现。

图1-3　澳门邮品上的春联

另一种民俗，即自西晋至隋朝期间逐渐形成的宜春帖的习俗，就是在立春日用彩色的绸子剪成燕子状，上面带有“宜春”二字，戴在头上，或挂于房檐和楹柱上。至宋代又发展出一种在春节书写五七言绝句的“春帖子”，元代以后，春帖子习俗与桃符习俗相互靠近，最后一并促成红纸春联这一全新习俗的出现和流行。

古代丧礼中的铭旌习俗也直接导致了丧葬实用对联的出现。另外，还存在一些在磁枕、砚台及镇尺上书写偶句的习惯，上述这些桃符偶句、铭旌偶句、磁枕偶句及砚台偶句等，都可以看作对联文体孕育形态的呈现，属于“对联文化”的范畴。直到红纸春联兴起并迅速风行全社会，才可以说是对联文体正式诞生的主要标志。

三　对联文体的定位

从中国文体发展的角度来看，一种文体的产生总是会与其相邻的文体有着千丝万缕的联系，与其他文体之间存在特定的位置关系。对联文体也是如此。

中国古代文体形式繁多，最初的分类方法是“文笔”二分法。刘勰《文心雕龙·总术》中认为有韵者为“文”，无韵者为“笔”。这种分法比较有影响力，也就是后来人们习惯使用“韵文”和“散文”的二分法。以此标准，对联兼有韵文和散文的特点，但因其讲究字的声调，总体上还应归入韵文之列。

在韵文的国度里，诗歌所占地盘最大，诗歌通过散曲与戏剧接壤，通过楚辞与赋体接壤，赋体又通过骈赋与骈文接壤。此外，韵文还包含一些孤立而零散的小文体，如有韵的颂、赞、箴、铭、哀、诔等。

对联作为一种晚熟的文体，进入了韵文的国度之中，应该占据什么样的坐标位置呢？第一种选择是放在韵文之下单独作为一种文体，第二种选择是放在诗歌之下，作为继词和曲之后的一种新兴的诗歌体裁。两种选择都有很充分的理由，但因为现代文学按体裁来分只有小说、戏剧、诗歌、散文四类，所以，如果把对联看作一种最晚形成并且正在发展演化的文体，从发展的眼光来看，还是归在诗歌门类中比较明智和合理。

把对联文体置于诗歌之下，也有着历史和现实的可行性：其一，清代及民国大量作者在编辑个人作品集时，是把联作附在诗作和词作之后的；其二，当代许多省市县的诗词社团和楹联社团都是以“诗词楹联学会”的名义合为一体的。所以，诗联一家，应该是古今众多文人雅士的一个共识。

从大量名家对联所呈现出的文学性和艺术性而言，对联除了没有押韵的限制及具备独特的二段式结构之外，它承袭了中国古典诗歌的全部传统，它应该是继古体诗、近体诗、词、曲之后发展成熟起来的一种新的汉诗样式。元代以前，古典文学发展的主流是诗歌，虽然文体更新，代有嬗变，但是诗歌稳居文学宗主地位。元代以后，虽然代有作者，但在唐宋诗词高峰的巨大阴影下，诗道日渐衰微，诗歌的体式更新也几乎失去了推动力。通过考察可以看出，在元末到清末的数百年间，在各种诗歌文体并行发展的同时，接过诗歌文体更新接力棒的只有一种文体——对联。

关于“楹联”的定义，各种辞书众说纷纭。事实上，1961 年《辞海》试行本就做出了比较合理的界定：“也叫‘楹帖’‘对联’‘对子’。是悬挂或粘贴在壁间、柱上的联语。春节贴在门上的红纸对联，则叫‘春联’。字数多寡无定规，但要求对偶工整，平仄协调，是诗词形式的演变。”

第二节　对联文体

一　对联的概念

对联是通过一组独立使用的对仗句来表达特定主题的文学体裁，这应该是比较全面和准确的对对联文体的定义。一组，表明不管对联多么短或多么长，都是由字数相等的一个上联和一个下联构成；独立使用，表明这组对偶句不是其他文体（如律诗）篇章之中的一联，而是自成独立篇章；对仗句，表明在形式要求上，不仅是对偶工整，而且要声律协调；表达特定主题，表明对联与其他文学体裁一样，可以用来表情达意，绝不是为了趣味而趣味的文字游戏。

把对联当作一种文学体裁，目前还有两个层面的阻力。

第一，要解决对联是不是文体的问题。

文体是指文章的体裁。明代徐师曾在《文体明辨·序》中说："夫文章之有体裁，犹宫室之有制度，器皿之有法式也。"而具体的分类方式，则有很多说法，比如南朝时期刘勰《文心雕龙》先按有韵无韵（"文""笔"）分成两大类，再以性质辨别，共分文体21类；比如宋朝真德秀编写的《文章正宗》把文章分为辞命、议论、叙事、诗歌四类；再比如明朝吴讷编著的《文章辨体》则把文章分为古歌谣辞、赋、乐府、诗、谕告、玺书、批答等六十体之多。各家分类标准不一，繁简不一。

在这些分类形式中，尤以依对象之作用、声律形式来分类更有代表性。但无论何种分类形式，都是针对能独立成篇的文章来进行归类的。综合来看，各家分类，着眼的是文章从内容到形式的整体特点。无论哪一种文体，都是某种文化传统长期积淀的产物。

对联根植于中华民族的哲学思想和思维方式，依托于汉字的特质以及所形成的对偶修辞手段，孕育于千年民族习俗之中，诞生之后便以其强大的生命力，迅速在明代中叶到民国末年的近五百年时间里，发展到社会各个领域和场景中，传播到中国人聚居的大江南北甚至海内外，成为应用面最广、创作数量最多、使用人数最多的一种文体形式。

虽然绝大部分的学者都不会否认对联是一种文体形式，但还是有个别的学者，以“对联的形式太过于短小”或是“大部分对联都缺少标题”等理由，反对把对联当作一种正宗的文章体裁。“对联的形式太过于短小”背后的潜台词是——这么短小，怎么能称为文章呢？如果不能称其为文章，当然也无文体之说。然而，是否能称为文章，与其体制的长短不存在必然关系，能够宣事明理或表情达意的独立成篇的文字就是文章。况且就中国传统诗歌这一体裁来说，向来的突出特点也是短小精悍。而从对联角度来说，虽然常见的实用对联多为七言，但古今对联作者的个人联集中用于写景、抒情、说理的联语，大量的都在两三个分句或四五个分句，字数也在二三十字甚至四五十字，其体量并是不小于诗中的绝句和词中的小令，我们都熟悉的“海内第一长联”——大观楼长联，达到180字，

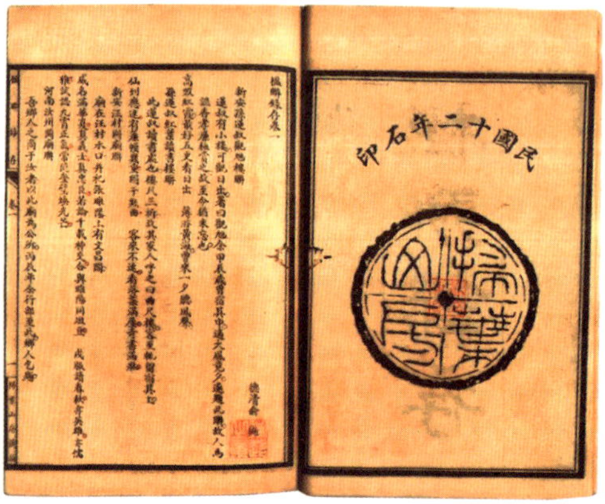
图1-4 俞樾《春在堂楹联录存》书影

而钟云舫“拟题江津城楼联”更是达到不可思议的1612字，所以对联的形制并非都短小。至于“大部分对联都缺少标题”这个论断也是在对对联缺乏全面了解的情况下所作的误判。其实对联大都是有标题的，因为常见的实用联中的通用联数量实在庞大，且多是书写张贴或悬挂着的，不是规范的文本状态，所以容易给人以没有标题的印象。实际上，数量更为庞大的其他种类的联语，在稿本或发行本上存在的时候，大多数是有标题的，尤其是文人专注于对联创作之后，他们的个人联集更是几乎每一副都带有标题，有一些题下甚至还加有长度不等的小序。

第二，如果对联是文体的话，应该是什么性质的文体？也就是说，对联是不是一种属于文学类的文章体裁呢？

“文学”作为语言艺术，也有个逐渐认识的过程。两汉之际，“文学”一般是指儒学或泛指一切学术著作。南朝萧统在编选《昭明文选》时称，凡“事出于沉思，义归乎翰藻”的作品才能入选，他不选经史子集，因为它们是“立意为宗，不以能文为本”，而史书中的赞论、序述因为“综缉辞采”“错比文华”，也符合自己的标准，所以选入。这样，他就把文学作品和非文学作品区分开来。《昭明文选》的编选，体现了当时人们对文学的最高认识。其对作品艺术形式和思想内容的看重，尤其是对艺术性的强调，与现代意义上的“文学”是相一致的。

北京大学白化文先生在《学习写对联》一书中说：

> 让文学界接待——姑且不说加入——对联这个品种，恐怕有人就有异议。理由是：有相当多的对联作品文学性质不强。很多人愿意把对联汇入“文娱活动”的类型中去，和“诗钟”“灯谜”等归入一类。

对于这种异议，首先，通常的原因是异议者拘于自己的所见，对于对联文体的全貌和特点并不完全掌握，其次，对联文体自身也确实存在着其他文学类文体所没有的特殊性。还有一些相对开明的学者，把对联置于俗文学、民间文学等名目之下，这当然都有其充分的道理，但对于对联文体的基本定位，我还是赞同刘大白先生在《白屋联话》中所做出的判断，他说：

> 联语是什么东西？——联语是律体的文字，是备具外形的律声的文字。它备具整齐律、参差律、次第律、抑扬律、反复律、当对律和重叠律；凡是中国诗篇底外形律，它无一不可以备具。所以单就外形而论，它实在可以说完全是诗的。至于它底内容，虽然一部分是教训式的格言和颂扬式的谀词等，但是大部是写景的和抒情的，合诗篇底内容一致；所以它总不出诗篇底范围，可以说是诗篇底一种。

二　对联的特点

从文体特性上来说，格律诗词显示出很“精纯”的文学性，相比来说对联的特性就只能用“杂驳”来形容了。这种杂驳一来让研究者不易看清它的全貌，二来在进行归类时就会显得束手无策。因为，对联文体可以说是文学性、实用性、谐巧性三种特性的统一。

1. 文学性。诗歌是文学皇冠上的明珠，自古以来“吟诗作对”经常是相提并论的雅事，对联经常被誉为“诗中之诗”。大量名家名联宛如阳春白雪，具有纯文学的一切特征，部分文人士大夫自由地运用这一形式进行抒情达意的文学创作，这种创作完全是承袭了古典诗词的一整套创作理念，正如民国郭立志在《曾文正公联语辑录·序》中所说：“联语，亦诗余也。”从文学的表达方式来说，对联除了不适宜于进行叙事之外，在写景、抒情、说理等方面均有上佳表现。抒情的对联如清代孙星衍的自题联：“莫放春秋佳日过；最难风雨故人来。”写景的对联如清代汪炳璈的题甲秀楼联：“水从碧玉环中出；人在青莲瓣里行。”

说理的对联如曾国藩的自题联：“不为圣贤，便为禽兽；莫问

图1-5　贵阳甲秀楼涵碧亭联

收获，但问耕耘。”还有大量情景理趣交融的对联作品，如孙髯翁的大观楼长联等，正如向义《联语考索》云：“其上者，写景、状物、言情、抒怀，往往意在个中，音流弦外，能令读者悠然神往，而畅然意释。”这类对联与诗词曲一脉相承，应该没有任何人会否认这一类对联的文学性和文学价值。

2. 实用性。对联是在民俗中孕育产生的，最早以春联以及挽联等形式出现，然后发展到婚联、寿联及庙宇和宅第楹联等，这就使对联蒙上了一层生活意味极其浓厚的实用文体的色彩，正如吕云彪在《楹联作法》中所说：“楹联虽为小品，亦属应用文之一。”一方面，对联的实用性对于对联在社会文化中的生命力是个很强大的支撑，使对联能够经受住重大的社会动荡和文化浩劫。但另一方面，实用文体通常缺乏文采，且陈陈相因，却会使对联的文学性受到一定的侵蚀。如旧时宅第大门常用的“忠孝传家远；诗书继世长”，市井百业常用的“生意兴隆通四海；财源茂盛达三江”等，一色的套话和陈言，明显看出文学性的缺乏，认为对联多半是这种面目的学者肯定要将其划入俗文学的范畴之内。

3. 谐巧性。早在实用性对联孕育之前，晋代的文人之间就开始形成一种“口头应对”的文化传统，目的仅仅是争奇斗巧，显示机智聪颖。这种传统一直延续了下来。之后，蒙学教育中也形成了“对对子”的文化传统，往往追求对偶的工巧奇妙。这些都对对联文体的产生起过很大的催化作用，结果造成了对联文体不避讳甚至还侧重于文字技巧。如南阳武侯祠联：“收二川，排八阵，六出七擒，五丈原前，点四十九盏明灯，一心只为酬三顾；取西蜀，定南蛮，东和北拒，中军帐里，变金木土爻神卦，水面偏能用火攻。”像这类过于追求文字技巧的语言，对于诗来说通常是忌讳的，因为正统的诗歌理论认为过巧必然伤气害意，如叶梦得的《石林诗话》云“诗语忌过巧”，但这些技巧到了对联文体中却成了正格。再有像藏头诗在诗歌里根本就是俗鄙不入流的，但嵌名联却是很常见的对联形式。再如集句诗基本上不入诗歌创作的大道，只被当成文人炫博的游戏，但集句联则被视为品位很高的对联，很多大联家都喜欢这类创作。至于如拆字联“此木为柴山山出；因火成烟夕夕多”以及“独角兽，比目鱼”这类技巧联和巧对，始终伴随着对联文体的发展而发展，这些文字虽然与灯谜酒令一类的文字游戏无异，但出于历史的原因，对联文体必须承认并作为“特例”保留这些从文体角度来说与文学无关的部分。

对联的特点概括来说就是以上三个方面，把握了对联的这三个特性，就等于掌握了打开对联文体的一把钥匙，因为不论是对联特性还是对联起源及发展史，或是对联分类，都可以统一采用这种三分法来分析问题和解决问题，从而得出很自洽的一系列结论。

三、对联的格律

对联是一种有着格律要求的韵文，关于其格律要求，当代有许多人分析得太过于复杂，其实就明清以及民国论者对于对联格律的述说，概括起来，基本上也就是两条：词语对偶和声调和谐。

1. 词语对偶

对偶是中国古典文学中一种蔚为壮观的独特现象，在各种文体中几乎都有应用。它的表现形式是并列使用两个对称的句子，从而起到强调表达内容、美化表现形式的作用。对偶修辞在一般文章中应用时，称为对偶句；在格律诗中使用时，因为同时又加入了声调方面的诸多限制，形式上更趋于工整华美，如同古代出行的仪仗，所以又称对仗句。对偶句只是普通的修辞方式，到了对仗句则加入了更多的形式方面的要求，这是对偶修辞自身的一种进步，但此时它们还只是其他文体中的一种修辞手段，随着这种修辞手段的不断发展，终于有一天，成长到自身独立起来作为一种文体的阶段。这种独立使用自成篇章的对仗句，就是对联文体。

对偶的本质是对称，从字义的角度说，相对的两个汉字，只有在它们之间存在某种相互关系并达到某种均衡时，才会使人产生对称的感觉。汉语中的字词之间有这样几种相互关系，按照关系的紧密程度来排列：一是同义词，二是反义词，三是近义词，四是类义词。除此以外的汉语字词之间不存在相互关系，在对举时一般无法形成对称感，也就是说构不成对偶。

比单音节词更大的语言单位是双音节及双音节以上的词汇和短语，它们的对偶，除了按字义的分类外，还多了一层结构方式。除了不可分割的连绵词，词语的结构方式主要有并列关系、偏正关系、动宾关系、主谓关系、动补关系。短语的结构方式和词语的结构方式相同，但由于其内部由不同词语构成，具体变化更丰富些。两个结构相同的词汇和短语，也可以形成对称感，从而构成对偶。

古人在对偶实践中，逐步总结出了一系列相对固定的“对偶辞格”，这些辞格中，有些是增加对偶效果的，如双声对双声，即由声母相同的字构成的词（如：犹豫、仿佛、玲珑）相对；叠韵对叠韵，即由韵母相同的字构成的词（如：逍遥、徘徊、缠绵）相对以及双声对叠韵等。有些是拓宽了对偶途径的，如借音对，以“子规”对“红药”，“子”其实是借音为颜色字“紫”；借义对，以“何分南北”对“不是东西”，“东西”在联中的语义是“物品”且含有憎恨之义，但在对偶上借用了“东”和“西”两个方位的意义。

图1-6　明代对偶类书《缥缃对类大全》书影

真正大幅度拓展对偶修辞的表现形式，整体提升对偶修辞的表现能力的发明，是古人发现在改变了对偶的方向时，并不影响整体的对称性。普通的对偶都是上下联之间对应字位的相对，但上联和下联自身出现前后相对偶而上下联之间对偶不工甚至可能完全不对偶时，依然可以在整体上形成很强的对称感，这种对偶方式被称为“自对”。单个汉字的前后相对古人称为“互成对”，如“江流天地外，山色有无中”。“天”和“地”自相对偶，“有”和“无”自相对偶，虽然上下联之间并不对偶，但整个句子对偶依然工整；又如罗典题长沙岳麓书院联：“地接衡湘，大泽深山龙虎气；学崇邹鲁，礼门义路圣贤心。”“龙虎”和“圣贤”本来是词义比较远的类义关系，但是因为词语本身形成“互成对”，便给人很工整的感觉。词语的前后自对如苏州沧浪亭联“清风明月本无价；近水远山总是情”。“清风”与“明月”自对，“近水”与“远山”自对。上面所举的罗典题长沙岳麓书院联中“大泽深山”与“礼门义路”也是属于词语的前后自对。句子之间的自对如武汉古琴台联：“志在高山，志在流水；一客荷樵，一客听琴。”两个分句自对，上下联之间不对，但整体上仍然是工对。当这种改变对偶方向的尝试发展到极端时，还出现了上下之间前后交错相对的例子，如李白《谢公亭》中的两句：“池花春映日，窗竹夜鸣秋。”“日”与“夜”、“春”与“秋”交错相对。

对联是唯一由一种修辞手法而成长起来的文体形式，也是把对偶修辞发挥到了极致的文体形式。近百年来，现代语法学体系传入中国并迅速得到发扬光大，特别近几十年来，形成了以语法学理论和概念来建构对偶修辞法则的错位现象。这导致了以“词性相同、结构相应”为表述方式的语法学对偶理论经常被人引向极端，不仅难以解释前人的对偶实践，在指导当代对联创作时也明显束缚了许多高水平的创作手法。究其原因，首先，在于“词性”一词的内涵分两个层面，一是词语意义，二是词语的语法功能，而后者对于对偶修辞并无半点作用。其次，“结构相应”很容易被引申为句子结构“主谓宾定状补”的严格对应，而古人的对偶只讲字词，并无语句结构的概念。所以从语法学的角度来诠释对偶，要注意“语法功能”和“句子结构”所造成的无谓干扰，只有这样，才能重现古人对偶修辞的真相，才会触及古人对偶修辞的真相。

2. 声调和谐

对联文体对平仄声调的要求，既不像格律诗词“篇有定句，句有定字，字有定声”那般严格，也不似辞赋和古诗那样不太讲究，基本上是介于它们之间的。这是因为对联文体在发展成熟的过程中，不断吸收诗词曲赋以及古文的语体风格，从而形成了宽严结合的声律特点。

向义的《论联杂缀》云：“联语中五、七字者，诗体也。四、六字者，四六体也。四字者，箴铭体也。长短句之不论声律者，散文体也。其论声律者，骈文体也。”对联文体的声律要求是随着它的发展历程而逐渐进化的，最早的对联脱胎于律诗的中两联，所以都为五言联和七言联，五言句节奏为“二三”，七言句节奏为“四三”，声律要求上与诗律无异。几乎同时，又有骈文之四六句式为联语者，以平仄两两相间为正格，出现带“之”“于”“以”

“而”等介系词的联句。之后，宋词的语体特征也被吸纳进来，主要表现有以下几点：一是出现了“领格字”，有“一字领”“二字领”“三字领”，领字之后一般为自对句式，如“莫孤负/天心月到，水面风来”。另外还有与“一字领”比较相似的“一字逗”，即句中第一字之后有较长的停顿，而余下的字连读，如“叹/沧海横流无底止”。二是出现了节奏上与律诗完全不同的句式，如五言句出现了“三二”或“一四”节奏，七言句出现了“三四”节奏等。如“八百里/湖山”“法/古今完人”“肯吃亏/不是痴人”等。三是古典散文的语体风格也被纳入对联，出现了长达十几字的散文化的超长句式，以及带“也”“矣”“焉”“之”“者”“乎”等语助词的联句，如“是/中国自由神，三民/五权，推翻/历史数千年/专制之局”。

节奏是指一个语句中停顿的次数，硬性规定的“两字一节”称为声律节奏，根据实际语意的自然停顿称为语意节奏，对联兼有律诗和散文的特点，所以这两种节奏模式均可适用。因为汉语中双音节词占多数，所以一个节奏一般为两字，但也存在着一字和三字的节奏。一个节奏的最后一个字，称为“音节点”，所谓对联声律，只是要求一句之中的音节点尽量做到前后交替，上下联对应的音节点则严格做到平仄相反，非音节点的字则可不论平仄。

多分句的长联中，每句的最后一个字称为句脚，各分句句脚的平仄安排，最好做到有规律的交替，若能够做到有所交替，也可以视为合格。

总之，对联文体“平仄对立”的要求，以句尾字最为重要，上下联的句尾是对联声律的最后底线。然后分句句脚字次之，句内平仄再次之。上下联对应之句尾、句脚、句内节奏点要尽量平仄相对，而句内节奏点、句脚的平仄交替则可以有条件地适当放宽。

第三节　对联文化

对联文化的历史远远长于对联文体的历史，对联文体孕育于民俗文化，并全方位地借助节令、庆吊、行业、第宅等习俗以及各种宗教和民间祭祀而发展演化，所以谈对联文化理应首先从民俗文化和宗教文化说起，但因为本书后面的章节将会对上述类别的联语进行专门论述，所以这里我们只就对联与民间文学、对联与建筑园林艺术和书法艺术、对联与蒙学等，进行简要的介绍，使读者对于对联文化切入社会文化的深度和广度有个基本的了解。

一　对联与民间文学

因为对联文体中所包含的谐巧性和实用性特点，曾有许多学者把对联整体归之于民间文学的范畴，这种分法无视了可与诗词曲相比肩的文学性对联，存在着一定的偏颇，但是从对联文化角度而言，对联与民间文学确实存在着无法分割的亲密关系。

1. 对联与故事

对联故事是“关于对联为内容的故事和传说，侧重于讲述一副对联产生的经过，通过故事情节和对联内容，表现撰联人的身世、遭遇、情操、情感和智慧，或表现出句人与对句人出题、答对中的性格冲突和戏剧性的变化，便于口头讲述和流传。因其中一部分内容只是民间传说，故不能视为史料。”（见《中国对联大辞典》）对联故事首先属于民间文学中的“传说故事”范畴，它符合民间故事及传说的一般艺术规律，同时因为对联在其中的核心作用，它又有自身的特点。

民间故事是民间叙事散文作品的一种。“广义的民间故事包括神话、传说、生活故事、笑话、寓言、童话等6个品种。”（见《中国文体学辞典》）民间传说是与一定的历史人物、历史事件、地方风物、社会习俗相关的故事，它虽具有历史性特征，但并不严格地再现历史事件本身，而是经过群众多年的艺术加工后逐渐形成的，在一定程度上反映了人民群众的要求和愿望。传说可分为人物传说、史事传说和地方风物传说三类，对联故事在上述三类中均有存在。

人物对联传说是对联故事中数量较多的一类，主人公一般选择北宋至晚清之间聪慧、机敏略带诙谐的著名文人，如苏东坡、秦少游、解缙、徐文长、唐伯虎、郑板桥、纪晓岚及各地方的知名文士，如：

乾隆下江南，纪晓岚随行，走到一个地方，一打听原来叫通州，乾隆想起北京附近也有一个通州，于是出了一个上联：

南通州，北通州，南北通州通南北；

众学士急得抓耳挠腮，无人能对，这时纪晓岚忽然看到大街两旁各有一家当铺，于是灵机一动，对出下联：

东当铺，西当铺，东西当铺当东西。

史事对联传说是针对重大的或较有影响的历史事件而创作的对联故事，如：

八国联军入侵北京后，清廷派出代表与八国议和，在一次会议上，一个帝国主义分子借机出了一副上联：

琴瑟琵琶八大王，王王在上；

对于这种公然挑衅，谈判代表的一位随员忍无可忍，站起来高声对出了下联：

魑魅魍魉四小鬼，鬼鬼犯边。

地方风物对联传说是切合特定地域山川景物及风土人情的对联故事，如：

某才子至某地游历，乘船过七里山塘，船夫出句：

七里山塘，行到半塘三里半；

才子不能对，及游九溪蛮洞，忽对出：

九溪蛮洞，经过中洞五溪中。

对联笑话是以对联为主体内容的幽默故事，篇幅短小，故事情节简单而巧妙，往往出人意料，达到诙谐幽默的艺术效果。大多以巧联来揭示生活中乖谬的现象，具有讽刺性和娱乐性。笑话类的对联故事多以机智人物或愚蠢人物在撰联、改联、读联过程中有意为之或无意成之的错位与不谐协，营造出其不意的喜剧效果。如：

某省进行乡试，有一考生在答卷时，将“昧昧我思之”误写成：

“妹妹我思之。”

主考官阅卷时看了不禁大笑，用朱笔在卷子上批道：

“哥哥你错了！”

对联故事发展到近现代，还演化为“对联相声”等曲艺形式，如万人迷和张麻子表演的传统相声《巧对春联》、刘宝瑞的单口相声《解学士》等，其中穿插了大量的巧对妙联，可谓流传广泛，脍炙人口。这一传统一直发展到当代，其间也出现了一些较为优秀的对联相声节目。

2. 对联与谣谚

对联的形式在民间谣谚中也得到了广泛的应用。

古代一些歌谣采取了上下对仗式的两句式结构，这类特殊的歌谣符合独立使用、上下两句和对仗三个特征，与对联构成了近亲的关系，如相传为舜所作的《南风歌》：

南风之薰兮，可以解吾民之愠兮；
南风之时兮，可以阜吾民之财兮。

谚语是熟语的一种，是流传于民间的简练通俗而富有意义的话语。多数反映劳动人民的生活实践经验的都是口头流传的通俗易懂的短句或韵语。

谚语虽然多以口语的形式存在，但常会巧妙地使用多种修辞手法，使得语言形象、鲜活、优美。除了押韵之外，对偶也是其经常使用的修辞手法。与对联文体稍有区别的是，谚语的对偶多以重字为主，如天气谚语：

八月十五云遮月，
正月十五雪打灯。

也有一些谚语与对联的对偶方式非常相似。如：

妻贤夫祸少，
子孝父心宽。

另外，在谚语与对联这两种文体中间，还有一种复合的形式，即集句联中的集谚语联，如：

三天打鱼，两天晒网；
前人种树，后人乘凉。

3. 对联与谜语

谜语也是民间文学中隶属于“游戏文章”的一类。对联与谜语结合，可以形成一种有趣的谜语联，也就是用一副工整的对联当作谜面，供人们猜出背后隐藏的谜底。

如物品谜语：

白蛇过江，头顶一轮红日；
青龙挂壁，身披万点金星。

上联谜底为“油灯”，下联谜底为“杆秤”

再如字谜:

新月一钩云脚下;
残花两瓣马蹄前。
谜底为“熊”

古人的一些运用文字的离合和增损以及缺隐、影射等修辞手法的巧对妙联，都可看作谜联。如宋代词人晏殊好客，常在家与文人名士会宴。有张亢、王琪，一胖一瘦，互嘲“胖牛”“瘦猴”。宴会中间王琪出联要张亢对：“张亢触墙成八字”，暗说张亢若牛。张亢反唇应对：“王琪望月叫三声”，暗说王琪若猿，引起满座笑声。

“遥对”是谜语中的一种制谜方法。也称遥对格，又称锦屏格、鸳鸯格。要求谜底与谜面形成工整的字面对仗，句面成文，自然扣合。如谜面“古汉字”（猜书名），谜底为“新唐书”；又如谜面“赤心报国”（猜成语），谜底为“白手起家”。

4. 对联与通俗小说

明清两代通俗小说极为盛行，明代中期以后，民间通俗小说逐渐与对联产生了亲密接触，这表现在以下三个方面。

其一，长篇小说由分卷演变为分回，每一回的回目由单句变为大致对偶的双句，至明末清初，回目采用工整的对偶句，逐渐成为固定的形式。如《西游记》第一回“灵根育孕源流出，心性修持大道生”。这些回目都能极好地概括出每一回大致上的内容，且有画龙点睛之妙。正如《毛批三国演义》“凡例”中说：“每回必以二语对偶为题，务取精工，以快阅者之目。”虽然作为章回小说回目的这些对偶句，只是小说的一个组成部分，不属于独立使用的对偶句，所以并不是典型意义上的对联，但是从其产生的时间段来看，明显受到明代中早期形成的对联文体的影响。

其二，不少明代中期以后的通俗小说插图，画面两侧习惯配上一副独立使用的对偶语句，来点明和函括插图以及小说的主题，同时也具有点缀和装饰功能。例如建阳书坊所刻的大量小说及戏曲读物，基本都配有插图，有些插图上便配有说明图像主旨的一副对联。如建阳熊龙峰刊本《西厢记》插图，两边所配联语为：

今朝酒别长亭，
缱绻前来把盏；
异日名题金榜，
叮咛早整归鞭。

其三，以明代中叶为起点，通俗小说中越来越多地穿插进对联作品，时代越晚则其中的对联作品越丰富多彩。如《三国演义》第七十七回玉泉山关公庙联：

赤面秉赤心，骑赤兔追风，驰驱时无忘赤帝；

图1-7 明代《西厢记·长亭分别》插图配联

青灯观青史，仗青龙偃月，隐微处不愧青天。

到了清代，《红楼梦》一书中穿插的对联更是达到了24副之多，其中有些联语已经超越了小说本身，成为在社会文化中广泛流传的“名联”，如第一回中太虚幻境大门联：

假作真时真亦假；
无为有处有还无。

二　对联与建筑园林艺术和书法艺术

1. 对联与建筑园林艺术

中国古典建筑的最大特点，是其形制上的均衡对称，事实上中国传统的城市构筑和宫廷、庙宇建筑群设计乃至居家院落的布局，其平面结构都讲究中轴线的对称，其中单体建筑普遍存在着以门为中心的左右对称。这种建筑布局上的左右对称，就给左右对称的对联艺术，预留了孕育和发展的广阔空间。

对联，雅称楹联，即为门前两根楹柱上所悬挂的对联，所以对联与传统建筑艺术和园林艺术的结缘，主要是对联文化与传统建筑中“门文化”的结缘。

门，是中国传统建筑中最为重要的组成部分，它同时具有实用的功能和文化的功能。辟邪禳灾和迎祥接福是“门文化”的两个重要内容，分别衍生出了桃符和春帖子的习俗，然后在明代中早期产生了以红纸书写对偶语句分贴在门两旁的“春联习俗”。

由于春联只能在节日期间对门起到装饰作用，门上在一年中绝大部分时间里都是空白的，所以出于文化发展的内在逻辑，在明代中期一段很短的时间内，传统的“门文化”就发展出了由竹木等材料镌刻对偶语句，适用于第宅、官廨、祠庙以及园林中的亭台楼阁等各式建筑，可以长期悬挂的楹联形式，从而把“祈福迎祥”的功能进一步上升为“抒情达意”的功能。

由建筑外形的对称，衍生出建筑内部空间的对称需要，这就为对联从室外的门上移到室内打下了基础。古人称正厅迎着门的地方为中堂，一般要摆放长条案、八仙桌，两侧各放一把扶手椅或太师椅，这种组合称为中堂家具，形制左右对称，美观庄重。条案居中可供祖先牌位或神佛塑像及香炉，两侧对称陈设花瓶烛台等。而中堂朝门的墙壁上，则居中悬挂一幅四尺整张的书画或人物像，两侧悬挂对联一副，书画对联均挂轴装裱，正上方再置一横匾，或书堂号斋名，或书四字警语，这套字画组合称为中堂书画。中堂家具与中堂书画构成了中正典雅、对称均衡的中堂装饰模式。《金瓶梅词话》第六十九回，西门庆进入王招宣府后堂，“正面供养着他祖爷太原节度颁阳郡王王景崇的影身图，穿着大红团龙蟒衣玉带，虎皮校椅，坐着观看兵书，有若关王之像，只是髯须短些；傍边列着枪刀弓矢。迎门朱红匾上书‘节义堂’三字。两壁书画丹青，琴书潇洒。左右泥金隶书一联：‘传家节操同松竹，报国勋功并斗山。’”由此可见，至少在明万历年间，这种标准的中堂装饰方式便已形成。明清以来数百年间，这种装饰方式一直是从达官贵人到平民百姓普遍采用的标准配置。中堂对联的内容一般以说教式的家训格言为主，也可抒发主人的襟抱和理想，也可写景物，以与中间书画的内容相匹配为合度。另外，装裱对联也可在客厅与书房的墙壁上上下联并列悬挂，或主人自题，或友人馈赠，多能表现主人的心境、性格和抱负。

图1-8　传统中堂格局

2. 对联与载体制作

谈到建筑艺术与楹联的关系，还必须涉及一个必不可少的中间载体，就是书写并镌刻了对联的两块联板，对联通过这个承载物才成为建筑物有机的组成部分。联板一般为木质，尺寸和色彩上要与整个建筑相谐调。联板适合悬挂于门框或墙壁上，但在悬挂于圆形楹柱时，则会产生圆柱与直板难以贴合的情况，所以后来又出现了与圆柱弧度相近的圆弧形联板，被形象地称为“抱柱联”。随着时代的发展，联板的材质和形制开始丰富多彩起来，出现了用竹子、砖石、金属、陶瓷及玻璃制作的对联。

明代邱岳曾以黄金制为对联向张居正送礼，梁章钜《楹联丛话》卷一："前明邱南镇（岳）由亚卿左迁藩参，数厚遗张江陵，尝以黄金制对联馈之云：'日月并明，万国仰大明天子；丘山为岳，四方颂太岳相公。'"

清代吴山尊别出心裁用玻璃制作出正反面观看的内容相同的"玻璃联"，《楹联续话》卷四引黄右原语："从来联语，纸书居多，或刻以竹木，或用漆加云母石，且有嵌牙玉者。至吴山尊学士，始出意制玻璃联子，一片光明，雅可赏玩，惟字画不能无反正之嫌，学士又运其巧思，使之表里如一。其句云：'金简玉册自上古；青山白云同素心'。上制一横额，题'幽兰小室'四篆字，又请孙渊如观察以双款篆书'山尊先生孙星衍'七字，正面反面，并是一样，其巧不可阶如此。"

清代李渔曾独创有两种颇具个性化的联板，一是用木板裁为蕉叶形状的"蕉叶联"，一是用竹子制作的"此君联"。《闲情偶寄》介绍"此君联"时说："截竹一筒，剖而为二，外去其青，内铲其节，磨之极光，务使如镜，然后书以联句，令名手镌之，掺以石青或石绿，即墨字亦可。以云乎雅，则未有雅于此者；以云乎俭，亦未有俭于此者。不宁惟是，从来柱上加联，非板不可，柱圆板方，柱窄板阔，彼此抵牾，势难贴服，何如以圆合圆，纤毫不谬，有天机凑泊之妙乎？"由此来看，前述"抱柱联"的出现，应

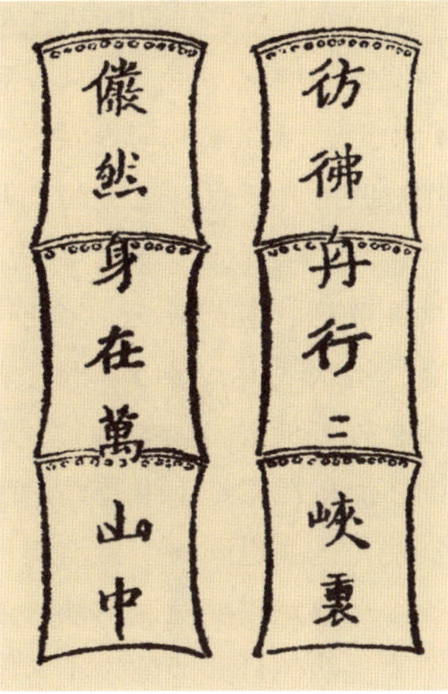

图1-9　李渔创制的此君联

该也是受到了“此君联”的启发。

3. 对联与书法艺术

对联书法是对联文学与书法艺术相融合而产生的一种全新的艺术形式，以书法艺术为载体，以对联文体为内容，以上下联竖向对称书写为基本形式，在宣纸上书写后，再经装裱，供人展玩或悬挂起来欣赏。虽然书法只是对联的载体，但从书法艺术的角度来看，“对联”却是与横幅、立轴、长卷、条屏、扇面、斗方等并列的一种书写形式，即一种以两条对等的纸张，竖向对称书写两句对偶联句的书法表现形式。

对联书法的概念，笼统地说，也包括了用毛笔在彩笺、布帛、木板等材质上书写的各种生活实用类对联作品。这类笼统意义上的对联书法出现很早，五代末孟昶题在桃符板上的“新年纳余庆；嘉节号长春”一联，即可视为最早的对联书法。宋元两代在桃符上题写偶句的情况，有一个从少到多的过程，但总体数量并不多。至明代中期，以红纸书写春联形成普遍性风俗，公私建筑上题写各类实用对联的联板也从这一时期开始逐渐普及，具体时间约在成化到嘉靖年间。李开先于嘉靖年间出版的《中麓山人拙对》中有大量亭台楼阁联语，其自序云“余自罢太常，归旧里，稍稍广田园，葺庐舍，傍水依山，足以乐而忘老，遍设对扁以见志。林泉、花鸟、耕稼之外无他辞。游客往往见取，录之而去”。到了清代及民国，民间还流行在彩纸上书写婚寿联语用于庆典，或以素帛书写挽联用于丧礼，这些也同属于生活实用类的对联书法。

严格意义的对联书法，专指以宣纸对称书写对联，经装裱后用于中堂两侧悬挂或陈设于客厅书房墙壁上单纯供人欣赏的综合艺术品。对联书法应该是在红纸上书写春联以及在联板上书写各类建筑装饰用联的影响下才出现的，所以其形成的年代，应该稍晚于红纸春联和联板普及的时期，具体时间约在明代嘉靖至万历年间。从明代小说描述的场景来看，这一时间段对联书法已经作为室内装饰的常规模式，进入了中等及以上的普通家庭。因为纸本的对联书法不易长久保存，所以晚明时期的对联书法作品保存到当代的极其罕见。徐邦达在《古书画鉴定概论》中说："现在看到的最早的书联，有清康熙时的王时敏、朱彝尊等人的作品。偶见明末董其昌、倪元璐等书联，大都是从大字书轴中挖出改成的，再早更不用说了。"

由明末入清的书家，如傅山、王铎、朱耷、王时敏、朱彝尊等已有不少楹联书法作品传世，至清中期，刘墉、梁同书、王文治、翁方纲以及郑燮、邓石如、伊秉绶等一流书家均书写过大量的楹联书法作品，楹联书法从书写格式到题款用印等均日臻丰富和完善。

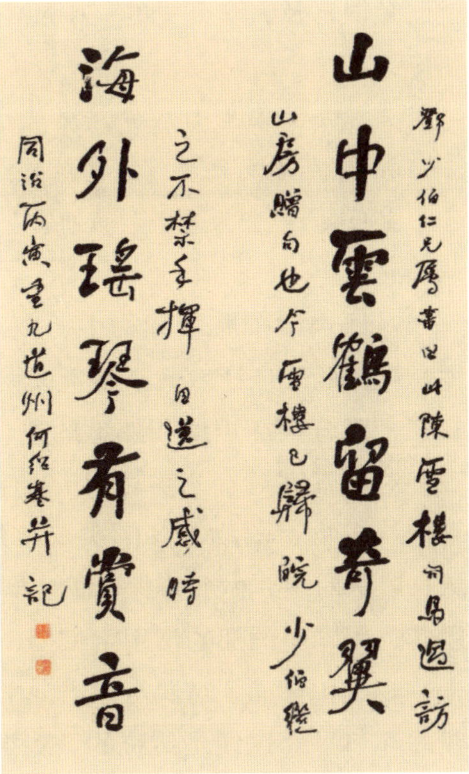
图1-10　何绍基联墨

进入近现代，随着楹联文体自身发展到鼎盛阶段，楹联书法也与之一道进入一个巅峰时期。林则徐、翁同龢、何绍基、赵之谦、康有为、吴昌硕以及同时兼为楹联大家的曾国藩、左宗棠、彭玉麟等把晚清的楹联书法创作推向了极致。承晚清楹联书法之绪余，民国时期也是楹联书法艺术取得辉煌成就的一个重要历史时期，梁启超、李叔同、李瑞清、于右任等书法名家都留下了数量极为可观的楹联书法作品。

三　对联与蒙学

中国的蒙学教育源远流长，常见的蒙学教材约分为四种，首先学习的是识字类读物，如《三字经》《百家姓》《千字文》等；其次是对偶声律类蒙学读物，如《笠翁对韵》《声律启蒙》等；另外还有知识典故类，如《龙文鞭影》《幼学琼林》等；以及行为准则类，如《弟子规》《朱子家训》等。对偶声律类蒙学读物早在明代就已经很普及，李开先的《中麓山人续对·又序》中说：

> 今世人生七八岁，出就小学，先习对句，然后讲书作文。所传《声律发蒙》《总龟对类》《群书类句》《锦囊诗对》《春窗巧对》，皆为童子科设也。

对偶声律类蒙学读物中，以清代的《笠翁对韵》和《声律启蒙》影响最为广泛。此类蒙学读物主要是训练儿童掌握基本的对偶知识，区分平仄声调和熟悉韵部。内容编排上从单字对到双字对，三字对、五字对、七字对到十一字对，包罗了天文、地理、花木、鸟兽、人物、器物等各门类汉字的工整对偶。声调上讲究以平对仄、以仄对平，做到声律谐调。同时，这类书还按韵部分编，每个段落选用同一韵部的常用字相押，读起来朗朗上口，易诵易背。

熟读和背诵了对偶声律类蒙学读物之后，学生便要进入亲自实践的环节了，这便是传统的“对课教学”，也被形象化地称为“对对子”。对课主要以“属对”的方式开展，一般由老师出上联，学生对下联，字数由少到多，内容由简到繁，最初从一字、二字开始，逐渐增加到三字、四字，最后是五、七言的诗句。对课的历史可以上溯到宋代，宋仁宗至和年间（1054—1056）颁布的《京兆府小学规》中就有“学书十行，吟诗一绝，对属一联”的课程设置。

鲁迅在《从百草园到三味书屋》一文中记述他小时上对课的情形：

> 我就只读书，正午习字，晚上对课。先生最初这几天对我很严厉，后来却好起来了，不过给我读的书渐渐加多，对课也渐渐地加上字去，从三言到五言，终于到七言。

1932年夏天，陈寅恪为清华大学入学考试拟国文试题时，出了一道“对对子”的题目——“孙行者”，考生中对得较好的有“祖冲之”等，而陈寅恪设定的理想答案是“胡适之”。因为当时传统的对课教学已经被新式的白话文教学取代了十年之久，所以这道题目引起当时学术界及社会上的一片质疑之声，于是陈寅恪写了《与刘叔雅论国文试题书》予以回应。陈寅恪说，在真正中国文法没有成立之前，学术界不应自欺欺人，而应寻求一个过渡时代的救济方法，作为暂时代用品。他个人主张采用“对对子”作为这个暂代品，因为“对对子”至少有四大功能：

> （甲）对子可以测验应试者，能否知分别虚实字及其应用。
> （乙）对子可以测验应试者，能否分别平仄声。
> （丙）对子可以测验读书之多少及语藏之贫富。
> （丁）对子可以测验思想条理。

近几十年来，语文教育改革的呼声一直不断，教育界的有识之士主张对传统语文教育进行再认识，通过重新审视传统的蒙学教育，尝试将对课教学运用于语文的实际教学之中，以探求语文教学现代化和民族化相结合的教改之路。张志公先生在《传统语文教学的得失》一文中对此进行了细致的阐述。

目前，全国涌现出不少大中小学校开展对联教育的典型，中国楹联学会命名的“全国楹联教育基地”达200多所，各省市楹联组织对口联系的开展“楹联文化进校园”工作的学校已有上千所。与诗词曲赋等文体相比，对联出现较晚，并且是属于仍在发展演化之中的文体，对联教育工作的深入开展，使我们看到了对联文化繁荣发展的美好未来。

结　语

对联的产生，有其深厚的文化渊源，是我们民族哲学思想、思维方式和审美倾向的必然产物，符合汉语言文字、古典文学以及社会民俗发展的内在逻辑。

狭义的对联概念，应该是从属于传统诗歌门类之下的一种独立文体，有着其自身的文体特点以及基本的格律规范。

从宏观的层面上来说，对联所呈现出的丰富内涵远非一种文体形式所能概括，所以我们只有把对联视为一种文化现象，一种中国传统文化大系统中的亚文化现象。对联文化最初的形态是属于民间文学的巧对传统和趣联故事，以及民间年节习俗中对偶句的偶然应用，对联文体正是在这种对联文化的大背景中孕育和诞生的。对联文体诞生之后，与书法艺术、镌刻艺术、建筑艺术、园林艺术相融合，与民俗文化、宗教文化、商业文化、旅游文化相融合，在当代它又与社会组织、公共传媒、文化教育相融合，从而形成了一整套包罗万象的对联文化体系。

第二章　寻源溯流

本章相当于一篇对联简史，旨在让读者对对联文化和对联文体的发生和发展历程，有一个较为直观的认识。要想准确地描述对联的发展史，首先需要有一个关于对联的完整而准确的定义，因为概念上差之毫厘，在发展史的叙述上就会谬以千里。在一个金字塔形的对联结构中，处于塔尖的是其文学属性，处在塔中部的是其民俗实用属性，处在塔底部的是其谐趣技巧属性，就像生物界中越是低级的生物其历史就越久远一样，对联的谐巧部分起源最早，历史最久远；对联实用的部分次之，而文学的部分则出现最晚，历史最为短暂。

第一节　口头巧对

一　口头巧对溯源

由于汉字所具有的形音义合一的特点，极易形成对偶，所以对偶很早就成为各种文体中常用的一种修辞手段。而对偶句独立使用的情况也出现很早，如《左传·鲁隐公元年》载有两句母子之间的对句：

> 对曰："君何患焉！若阙地及泉，隧而相见，其谁曰不然？"公从之。公入而赋："大隧之中，其乐也融融！"姜出而赋："大隧之外，其乐也泄泄！"遂为母子如初。

这里记载的是庄公与其母姜氏反目成仇后又设法和解的故事。鲁隐公元年为公元前722年。郑庄公，郑武公之子，名寤生，是春秋初年的郑国国君。

古代一些歌谣采取了上下对仗式的两句式结构，这类特殊的歌谣符合独立使用、上下两句和对偶三个特征，形式上颇与对联相类，如传为舜所作的《南风歌》：

南风之薰兮，可以解吾民之愠兮；
南风之时兮，可以阜吾民之财兮。

汉代有一些民间歌谣也呈现出大致对偶的形式，如《顺帝末京都童谣》：

直如弦，死道边。
曲如勾，反封侯。

《后汉书·孔融传》：

性宽容少忌，好士，喜诱益后进。及退闲职，宾客日盈其门。常叹曰："坐上客恒满，尊中酒不空，吾无忧矣。"

郑庄公母子之"赋"、舜之"歌"、京都之"谣"、孔融之"叹"，均属于口头创作，形式上也都类于独立使用的对偶句，但要么是押韵的诗赋作品，要么是在非对偶的话语中偶然使用了对偶的句子，与对联文体并无关系，也不属于本节要论述的"口头巧对"。

二　晋代巧对

目前学界所认定的最早的口头巧对，是西晋陆云与荀隐之间的应答，故事发生在名士张华家中。《晋书·陆云传》：

云与荀隐素未相识，尝会华坐。华曰："今日相遇，可勿为常谈。"云因抗手曰："云间陆士龙。"隐曰："日下荀鸣鹤。"

图2-1　天一阁藏明正德《松江府志》中的陆云像

陆云（262—303）与荀隐二人相识于张华的家里，张华要求两人用不落俗套的语言来自我介绍，陆云的故乡松江旧称"云间"，陆云字士龙，所以说出"云间陆士龙"；荀隐字鸣鹤，故乡洛阳为西晋的都城，旧时以京城为"日下"，所以荀隐就以"日下荀鸣鹤"来回应。云间与日下，地名构成工对；姓名中的"龙"与"鹤"也构成工对。魏晋间人物尚清谈，以言语机智，含义隽永，应对巧妙，语含机锋，为风流儒雅的象征，《晋书·习凿齿传》中也有类似的记载：

时有桑门释道安，俊辩有高才。自北至荆州，与凿齿初相见。道安曰："弥天释道安。"凿齿曰："四海习凿齿。"时人以为佳对。

释道安（312—385），善辩，但遇到的是在口才上势均力敌的对手习凿齿，一个自夸名满天下，一个回应说自己名高四海。"弥"为满的意思，后世也常以满来与数字相对，所以此处虽然以

“弥”来对“四”，但在对偶上依然还算很工整。

另外，晋代裴启的《裴子语林》中也记载了另外一些大致对偶的人物对话：

> 道真尝与一人共索袢草中食，见一妪将二儿过，并青衣。调之曰：“青羊将两羔。”妪答曰：“两猪共一槽。”
>
> 潘石同刑东市，石谓潘曰：“天下杀英雄，卿复何为尔？”潘曰：“俊士填沟壑，余波来及人。”

总体而言，在晋代崇尚清谈的风气中，名流间的对话力脱俗套，会不自觉地使用相对整齐的语句，在出现大量不甚工整的对偶句的基础上，才会涌现出上述几例相对工整的口头巧对来。另外还有一点需要指出，“时人以为佳对”中的“佳对”二字，是“巧妙的应答”之意，并非指“工整的对偶”。

宋代王楙在《野客丛书》中这样总结“古人对偶”：

> 《石林诗话》云：晋魏间诗，尚未知声律对偶。陆云相谑之辞，所谓“日下荀鸣鹤，云间陆士龙”者，乃正为的对。至于“四海习凿齿，弥天释道安”，乃知此体不待沈约而后能也。
>
> 仆谓晋魏以前对偶之语，不为无之。然出于自然，不期对而自对，非如后人牵强纽合以为工也。孔融曰：“坐上客恒满，尊中酒不空。”其气质为如何？《毛诗》不必问，只如《虞书》“元首明”对“股肱良”，便已亲的。

叶梦得的《石林诗话》认为陆云与荀隐、释道安与习凿齿的口头应对，在对偶和声律方面已经形成了工整的对仗，比沈约发明《四声谱》要提前很多。王楙则把魏晋以前的此类口头对句以及歌谣中的对句，视为自然形成而非人工雕琢的对偶，即“不期对而自对”。

所以，前面所举的由两个人完成的口头巧对，出句者应该无心，但应答者在心理上应该存在着一些构成对偶的主观意识。除了两人完成的口头巧对外，一个人口头表达的偶句或谣谚类的偶句，作者表现出的对偶意识就更为鲜明一些，如同样是《裴子语林》中的记载：

毛伯成负其才气，常称：“宁为兰摧玉折；不作萧芬艾荣。”

张湛好于斋前种松柏，养鸲鹆。袁山松出游，好令左右作挽歌。时人谓：“张屋下陈尸，袁道上行殡。”

与孔融“坐上客恒满，尊中酒不空”后还跟了一句“吾无忧矣”不同，以上两例均为单纯的对偶，已经属于独立使用的对偶句，与两个人完成的口头巧对已经没多少区别。

三　唐宋元巧对

晋代出现的这些口头巧对，在后世慢慢形成了一种文化传统，巧对成为文人雅士在各种场合争奇斗智的一种手段。但从六朝到隋唐，有关口头巧对的文字资料并不多，宋代胡仔《苕溪渔隐丛话》引《蔡宽夫诗话》中记录的唐代的酒令巧对：

唐人饮酒，必为令以佐欢，……尝有人举令云：“马援以马革裹尸，死而后已。”答者乃云：“李耳指李树为姓，生而知之。”又“钼麑触槐，死作木边之鬼”，答者以“豫让吞炭，终为山下之灰”，皆可谓精的也。

宋代孙光宪的《北梦琐言》记载了晚唐诗人温庭筠精于巧对的故事：

李义山谓曰：“近得一联句云：‘远比召公，三十六年宰辅。’未得偶句。”温曰：“何不云：‘近同郭令，二十四考中书。’”

宣宗尝赋诗，上句有“金步摇”，未能对。遣未第进士对之，庭云乃以“玉条脱”续也，宣宗赏焉。

又药名有“白头翁”，温以“苍耳子”为对，他皆此类也。

但前两则是赋中的联句和诗中的偶对，并不能算典型的口头巧对，第三则是中药名对，属于独立的对偶句。北宋张耒的《张太史明道杂志》载有唐末朱全忠幕僚的口头巧对：

世传朱全忠作四镇时，一日与宾佐出游，全忠忽指一方地曰：“此可建一神祠，试召一视地工验之。”而召工久不至，全忠怒甚，见于辞色，左右皆恐。良久，工至。全忠指地视之。工再拜贺曰：“此所谓乾上龙尾地，建庙固宜。然非大贵人不见此地。”全忠喜，薄赐而遣之。工出，宾僚或戏之曰：“尔若非乾上龙尾，当坎下驴头矣。”东北人谓斫伐为坎。

北宋陶岳的《五代史补》中载有僧契盈口述的一副巧对，曾被梁章钜误引为题碧浪亭柱联：

僧契盈，闽中人，通内外学，性尤敏速。广顺初，游戏钱塘，一旦，陪吴越王游碧波亭，时潮水初满，舟楫辐辏，望之不见其首尾。王喜曰："吴越地去京师三千余里，而谁知一水之利有如此耶。"契盈对曰："可谓三千里外一条水，十二时中两度潮。"时人谓之佳对。

宋代口头巧对的资料迅速增加，主要原因可能是宋代诗话和野史杂记十分发达，如前所述，宋代小学就有"吟诗一绝，对属一联"这样的课程，所以社会上对对子的风气较前代浓厚了许多。

欧阳修《归田录》曾载北宋梅圣俞夫妇之间的巧对：

梅圣俞以诗知名，三十年终不得一馆职，晚年与修《唐书》，书成，未奏而卒。士大夫莫不叹惜。其初受敕修《唐书》，语其妻刁氏曰："吾之修书，可谓猢狲入布袋矣！"刁氏对曰："君于仕宦，又何异鲇鱼上竹竿耶？"闻者皆以为善对。

阮阅《诗话总龟》曾载北宋蔡襄与陈亚两人之间的巧对：

蔡君谟与陈亚相友善。一日，以谑语嘲其名云："陈亚有心终是恶。"陈应声对云："蔡襄无口便成衰。"虽巧谑，亦伤虐矣。

到南宋时，此类口头巧对见于记载的更多，许多文人士大夫只要机缘巧合，随时都可对出极其巧妙的对子来，如南宋罗大经《鹤林玉露》载：

绍兴乙卯，以旱祷雨。谏议大夫赵霈上言："自来祈祷，断屠止禁猪羊，今后请并禁鹅鸭。"时胡致堂在西掖，见之笑曰："可谓鹅鸭谏议矣。闻虏中有龙虎大王，请以鹅鸭谏议当之。

元人陶宗仪《辍耕录》卷十"先辈谐谑"条载赵孟頫巧对故事：

赵魏公刻私印曰"水晶宫道人"，钱唐周草窗先生密以"玛瑙寺行者"属比之，魏公遂不用此印。后见先生同郡崔进之药肆悬一牌曰"养生主药室"，乃以"敢死军医人"对之。进之亦不复设此牌，魏公语人曰："吾今日方为水晶宫吐气矣。"先辈虽谐谑，自是可喜。

四 明清巧对

明代的口头巧对更加趋于繁荣，各类笔记野史载录了皇帝、名臣、神童的大量巧对，虽然这些记录的可靠程度并不是太高，但至少可见明代人对于巧对的异常钟爱。清代褚人获《坚瓠集》中载有大量明代人的巧对故事，如三集卷之一中有著名的朱元璋出句，朱允炆和朱棣分别应对的故事：

又一日与文皇同在禁中观猎，马疾驰而过，高皇出句曰："风吹马尾千条线。"建文云："雨打羊毛一片毡。"文皇曰："日照龙鳞万点金。"语虽俱工，而气象则让文皇矣。

再如《坚瓠集》首集卷之二记载的明代宗朱祁钰与少年李东阳

和程敏政口头巧对的故事：

李东阳四岁能作大字。景皇召见，抱置膝，赐上林珍果。六岁时，程敏政以神童同受英宗召见，过宫门，不能度。上曰："书生脚短。"李曰："天子门高。"时御羞有蟹，上曰："螃蟹一身甲胄。"程曰："凤凰遍体文章。"李曰："蜘蛛满腹经纶。"上又曰："鹏翅高飞，压风云乎万里。"程曰："鳌头独占，依日月于九霄。"李曰："龙颜端拱，位天地之两间。"上悦曰："他日一个宰相，一个翰林。"命皆廪于翰院。

明人周晖《金陵琐事》载顾璘与少年张居正的对句故事：

东桥公填楚，张江陵仅十余岁，应童生试。东桥曰："童子能属对乎？"因曰："雏鹤学飞，万里风云从此始。"张即曰："潜龙奋起，九天雷雨及时来。"东桥大喜，解腰间金带赠之曰："他日贵过我也。"

清代是传统文化全面成熟的时期，巧对的文化传统也同样达到了高潮，许多文化名人以及地方名士，都有儿时巧对故事，至于君臣之间、文人之间的巧对故事更是数不胜数，如广泛流传的乾隆、纪昀之间的大量巧对，清代李伯元《南亭四话》卷七"通州南北"条载：

高庙南巡过通州，出联云："南通州，北通州，南北通州通南北。"仅以南北通州四字组织成联，工稳极矣。大臣中无能对者，独纪宗伯晓岚进对云："东当铺，西当铺，东西当铺当东西。”虽较出联稍弱而俗，然除此更无对者矣。

五　笔记小说巧对

从宋代到明清时期，巧对有个全新的载体出现，这就是宋代的笔记小说和明清的通俗小说，巧对成为小说主人公表现聪明智慧的最佳手段，北宋刘斧撰辑的《青琐高议》别集卷之二收录有秦醇的《谭意歌》，讲述妓女谭意歌与张正宇的爱情故事。中间有这样一段口头巧对的情节：

> 时运使周公权府会客，意先至府，医博士及有故至府，升厅拜公。及美髯可爱，公因笑曰："有句，子能对乎？"及曰："愿闻之。"公曰："医士拜时须拂地。"及未暇对答，意从旁曰："愿代博士对。"公曰："可。"意曰："郡侯宴处幕侵天。"公大喜。意疾既愈，庭见府官，多自称诗酒于刺。蒋田见其言，颇笑之。因令其对句，指其面曰："冬瓜霜后频添粉。"意乃执其公裳袂，对曰："木枣秋来也著绯。"公且愧且喜。

明万历二十二年（1594）朱氏与耕堂刊本《包龙图判百家公案》（安遇时编）第十回《判贞妇被污之冤》中有一联：

> 次日出牌，分付左右，唤集临颍县学秀才来院赴考。包公出《论语》中题目，乃是"敬鬼神而远之"一句，与诸生作文，又将"移椅倚桐同玩月"诗句，出在题尾。是日诸生赴考已毕，内有秀才查彝，因见诗句偶合其妻贞娘前语，遂即书其下云："点灯登阁各攻书。"诸生作文已毕。包公发令出外伺候。

历史上影响最大的含有口头巧对情节的通俗小说，当数由明末冯梦龙纂辑，始刊于天启七年（1627）的《醒世恒言》的第十一卷《苏小妹三难新郎》，除了众所周知的“闭门推出窗前月；投石冲开水底天”一联外，小说中还有一些男女主人公之间的口头巧对，如：

> 小妹出轿上殿，少游已看见了。虽不是妖娆美丽，却也清雅幽闲，全无俗韵。“但不知他才调真正如何？”约莫焚香已毕，少游却循廊而上，在殿左相遇。
>
> 少游打个问讯云：小姐有福有寿，愿发慈悲。
>
> 小妹应声答云：道人何德何能，敢求布施！
>
> 少游又问讯云：愿小姐身如药树，百病不生。
>
> 小妹一头走，一头答云：随道人口吐莲花，半文无舍！
>
> 少游直跟到轿前，又问讯云：小娘子一天欢喜，如何撒手宝山？
>
> 小妹随口又答云：风道人恁地贪痴，那得随身金穴！

清代小说中的口头巧对，最为典型的当数蒲松龄的《聊斋志异》，此书很多篇章都有狐女戏弄书生的巧对，如《狐谐》一文中应对的情节：

> 顷之酒酣，孙戏谓万曰：“一联请君属之。”万曰：“何如？”孙曰：“妓者出门访情人，来时‘万福’，去时‘万福’。”众属思未对。狐笑曰：“我有之矣。”对曰：“龙王下诏求直谏，鳖也‘得言’，龟也‘得言’。”众绝倒。孙大恚曰：“适与尔盟，何复犯戒？”狐笑曰：“罪诚在我，但非此不能确对耳。明日设席，以赎吾过。”相笑而罢。

六　巧对传统与对联文体

西晋陆云和荀隐的口头应对可以称为“千古巧对之祖”，他们开启了一种运用工整的对偶语言呈现个人巧思睿智的文艺形式和文化传统，至唐五代间或有人继承，至宋元逐渐发扬光大，到明清发展到高度繁荣，达到脍炙人口、尽人皆知的地步。这种文化传统在民国及当代仍然处于不断发展之中，如华罗庚自出自对的人名对：“三强韩赵魏；九章勾股弦。”21世纪以来，在网络上也出现了大量立意新奇的巧对，在机巧程度上不输古人，大量作者为巧联绞尽脑汁并乐此不疲。

上述所谓“巧对”，从形式到内容上都与我们常见的“楹联”或“对联”有着明显的区别，明代李开先把自己的对联集命名为“拙对”时，应该就是有意与“巧对”作一区分。至梁章钜编辑《巧对录》，在“自序”中说：“余辑《楹联丛话》，多由朋好录贻，而巧俪骈词，亦往往相连而及。余谓是对也，非联也，语虽通而体自判，因别载而存之箧。”在梁章钜眼中，虽然“对、联”并称，但巧对与楹联绝非同一种文体形式。梁氏的这个见识是很高明的，因为从文章辨体的角度来说，虽然同样是两句式的对偶结构，但我们很难把抒情文体和实用文体，与单纯呈现文字技巧并不表达特定主题的游戏文体放到一起，当成同一种文体。而那一类对偶工巧的词汇和短语，只能视为诗文语句的一些“断片”，按梁章钜的话就是：“盖偶然札记之，本以备作骈体之料。”这种语句的碎片，不是完整的语句，更谈不上与文体有关。

通过以上分析，我们可以看出在对联艺术中，巧对处于一种十分尴尬的地位：一方面是对联文体得以形成的源头之一，也可以说是对联文体的一种初级形态，但在对联文体产生之后，仍以原始的形态与对联文体的发展和演化相伴始终。所以，在强调文体学意义上的“对联”或“楹联”时，与梁章钜的观点一样，我们是把巧对的因素排除在外的；只有从对联文体扩展到对联文化的范畴时，我们才可能把巧对纳入其中。从另一个角度讲，巧对与对联天生所具有的千丝万缕的关系，使我们也很难把它们一刀两断，当成两个截然不同的事物，这样，就造成了以下两种影响：其一，对联文体借助巧对的谐趣性获得了社会各阶层很大一部分人士的喜爱，提高了对联文体的生存能力和发展空间；其二，当论及对联时，总会有许多人把对联等同于巧对，其中包括很多学者。因为游戏文体难登大雅之堂，主流学术界的这一偏见，使得对联的文体地位长期得不到确立。

巧对与对联关系的不确定，在影响到对联概念界定的同时，还对对联的起源和发展史造成了一定的混乱。如果我们把巧对包括在对联的概念之内，则对联的产生就可以上溯到西晋，但我们便无法说服学术界接受包含着巧对这种文字游戏的对联是一种独立的文学文体或实用文体。如果我们继承梁章钜的观点把巧对排除在对联文体概念之外，那么我们在追寻对联文体历史的时候，就不应该从口头巧对的起源算起，而只能从表达特定主题并切合生活习俗的独立使用的对偶句的出现来算起。

第二节　习俗偶句

对联的文本内容是文学的，也即对联文体；而这一文本的制作程式和使用仪式则是民俗的，属于对联文化。如果把文学当作对联文体的父系，则民俗文化就是对联文体的母系，因为对联文体先天带有民俗实用的基因，并且是在民间习俗中经长期孕育最后得以产生的。在对联文体的诸多分类中，最早产生的是春联。

梁章钜在《楹联丛话》的开篇就转引纪晓岚的话："楹帖始于桃符，蜀孟昶'余庆''长春'一联最古。但宋以来春帖子，多用绝句，其必以对语朱笺书之者，则不知始于何时也。"这句话中，"其必以对语朱笺书之者"是指我们到今天仍可看到的春联习俗，"对语"二字在这里即指春联文体，但以纪昀阅书之广博，却搞不清楚春联习俗和春联文体"始于何时"。不过，他还是指出了两个可能的源头，即"桃符"和"春帖子"。

在本章节中，我们沿袭纪昀的这种理念，把必须以对偶语句书写于红纸的习俗形成当作春联正式形成的标志，而把在桃符或春帖子上偶尔出现少量对偶语句的时期，视为春联的孕育阶段。

在春联的孕育阶段，我主张使用“桃符偶句”及“春帖子偶句”这样的称谓。

一　桃符习俗

桃符习俗从汉代一直沿续到清代，在这两千多年的发展史中经历了很多的变化过程，为此，我们将按照时间顺序列举历代有关桃符的文字史料和考古发现，以期能够大致勾勒出桃符习俗的发展史，并从中发现桃符与春联的真实关系。

1. 先秦时期：中国自西周晚期以后开始有代替活人殉葬的木俑，春秋时期已经存在桃可禳除凶邪的说法及其相关的习俗，战国时期出现刻削桃枝以为人形的习俗，见《战国策·齐策三》，秦代延续了春秋时期桃木祛邪的风俗。

2. 西汉时期：1972年，长沙马王堆挖掘出西汉初年墓葬三座，其中一号汉墓发掘出木俑共计162件，其中的辟邪木俑为36件桃木小俑，均长11—12厘米，头部用墨和朱绘出眉目，放置在锦饰内棺与朱地彩绘棺的隙缝中。另外33件桃木小木俑系一小段桃树枝条劈成两半，一端削成三棱形，中间的脊做鼻，额部画一横线，其下勾出双眼，短线一道为嘴，下画三撇、两撇须，其余部分未事砍削。有少数甚至用现成的桃树枝充数。

1930年，西北科学考察团中的瑞典学者F.贝格曼在额济纳河流域，对汉代居延烽燧遗址进行考古挖掘，出土简牍一万余支，其年代约从公元前102年到公元30年，也就是西汉中期到东汉初年。居延汉简中有21支粗略勾勒了人物面目，多数上部画作人面，下部削尖，成楔状。这些发掘于居延烽燧遗址中的所谓“粗制木偶”，其形制与在汉墓中出土的“辟邪木俑”明显不同，应该就是西汉中后期出现的用于年节习俗的桃符实物。

图2-2　居延汉简中的人面桃符

3. 东汉时期：我们所能见到的最早的关于桃符的记录，是东汉王充（27—97）《论衡》里《订鬼篇》和《乱龙篇》中的两则文字，其中《订鬼篇》曰：

《山海经》又曰：沧海之中，有度朔之山。上有大桃木，其屈蟠三千里，其枝间东北曰鬼门，万鬼所出入也。上有二神人，一曰神荼，一曰郁垒，主阅领万鬼。恶害之鬼，执以苇索而以食虎。于是黄帝乃作礼以时驱之，立大桃人，门户画神荼、郁垒与虎，悬苇索以御凶魅。

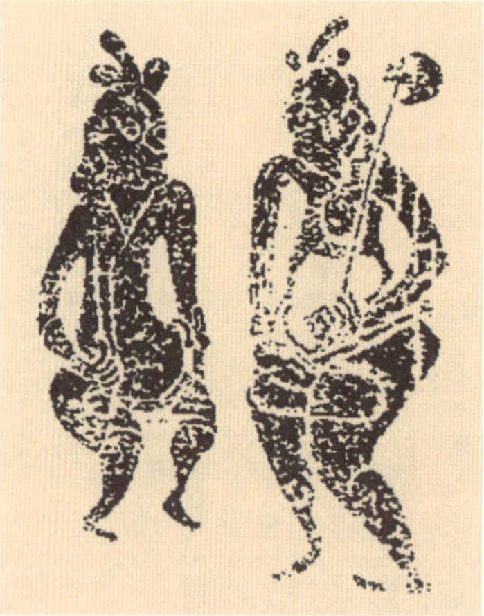
图2-3　汉画像石中的神荼、郁垒

今本《山海经》中并无此文，所以我们只能按《论衡》一书的时代，把此条放在东汉来讲。

“斩桃为人”在西汉已成习俗，至于神荼与郁垒的神话，应该是由“大桃人”而衍生出来的。为了诠释立于大门前的桃人，于是才出现了神荼郁垒的传说。清代俞正燮在其《癸巳存稿》卷十三“神荼郁律”条就曾指出过：“审究其义，神荼郁律由桃椎展转生故事耳。”

王充之后，对桃人及神荼郁垒的记述开始多了起来，如纬书《河图括地象》、蔡邕（133—192）的《独断》、应劭（约153—196）的《风俗通义·祀典》等。

4. 魏晋六朝时期：汉代以后，年节用桃人、桃梗饰门以祛邪禳灾的习俗一直被沿袭下来，东晋葛洪（约281—364）著《抱朴子·登涉》载：

> 上五符，皆老君入山符也。以丹书桃板上，大书其文字，令弥满板上，以著门户上……

在这里因为书写符咒文字，细小的桃梗显然已不够用了，于是发展出了稍为宽大的桃板。

真正详细记载南北朝时期民间年节习俗并被后人广为引用的是南朝梁宗懔（约500—约563）在《荆楚岁时记》中的这段文字：

> 正月一日，……造桃板著户，谓之仙木。绘二神贴户左右，左神荼，右郁垒，俗谓之门神。

这里明确记述了在当时的荆楚地区，已从汉代插于地上的桃人或桃梗，

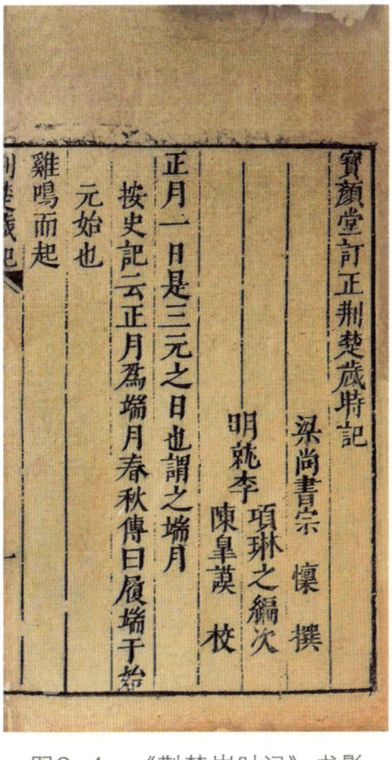
寶顏堂訂正荆楚歲時記
梁尚書宗　懍　撰
明就李　項琳之編次
陳皐謨　校
正月一日是三元之日也謂之端月
按史記云正月爲端月春秋傳曰履端于
元始也
雞鳴而起

图2-4　《荆楚岁时记》书影

发展成为著于户的“桃板”，板上绘神荼郁垒二神像，也就是民间所谓的“门神”。

5. 隋唐五代时期：到了隋代，杜公瞻为宗懔的《荆楚岁时记》加了注解，对于桃人习俗，杜的注如下：

按庄周云：“有挂鸡于户，悬苇索于其上，插桃符于旁，百鬼畏之。”

这是史上最早出现“桃符”一词。先秦时多称桃梗、桃俑，两汉多称桃人、桃梗，而后又有“桃板”“桃印”“桃卯”等称谓，至隋代始见“桃符”之名。虽然这个词语出现在首句所引庄子的话中，但今本《庄子》中并无此语，所以目前还是归入隋代比较稳当。

“桃符”这一称呼，应与道教有密切关系。汉代以来，道教兴起于民间并在习俗文化上占据越来越大的影响力，道教以符箓治鬼疫瘟病，也以符箓厌胜。桃人、桃梗的风俗已与道教的符箓纠缠在一起，在桃板上画符，便称为桃符。即便后世不再画符箓而画上神荼、郁垒像或写上有关祈福禳灾文字，甚至是写上了春联，人们仍习称之为桃符。

从隋代杜台卿《玉烛宝典》到唐初所修《晋书·礼志上》都有关于“桃人”“桃枝”“桃梗”“桃板”“桃印”等桃木辟邪制品的记载。

唐代敦煌遗书中也有关于桃符习俗的文字，编号为P.3358的《护宅神历卷》中有一类似道家“复文”的符箓文字，下云：

以桃木板长一尺，书此，玄宅四角，大吉利。

唐代及五代承六朝之余绪，桃符习俗在民间应该处在持续普及的状况，桃符上的内容肯定也在不断丰富和发展中，白居易(772—846)《白氏六帖》“元日”条中有：

仙木：造桃板著户，谓之仙木，象郁垒山桃，百鬼所畏。

唐末五代时人韩鄂《岁华纪丽·卷一·元日》说：

桃板署门而纳庆，苇绳罗户以祛灾。

五代后蜀末年，也就是北宋乾德三年（965）首次出现了题于桃符的“余庆长春一联”。北宋杨亿《杨文公谈苑》“学士草文”条：

伪蜀学士作桃符，孟昶学士辛寅逊题桃符云：“新年纳余庆，佳节号长春”是也。

“蜀中桃符”条云：

辛寅逊仕伪蜀孟昶为学士，王师将致讨之前，岁除，昶令学士作诗两句，写桃符上。寅逊题曰：“新年纳余庆，佳节契长春。”

北宋初张唐英的《蜀梼杌》记载的情节为：

蜀未亡前一年岁除日，昶令学士辛寅逊题桃符板于寝门，以其词工，昶命笔自题云："新年纳余庆，嘉节贺长春。"

这是史上第一次出现在桃符上题写的独立使用的对偶句的事例，当时称为"题桃符"，《全唐诗》收录时则以《孟蜀桃符诗》为题，南宋时常见的"桃符诗"的说法，可能多句的诗篇和两句的偶句这两种情况都存在。

6. 宋元时期：北宋年节习俗中使用桃符的情况，宋代陈元靓《岁时广记》卷五"元旦"一章引吕希哲《皇朝岁时杂记》"写桃版"云：

桃符之制，以薄木板长二、三尺，大四、五寸，上画神像、狻猊、白泽之属，下书左郁垒、右神荼，或写春词，或书祝祷之语。岁旦则更之。王介甫诗云："总把新桃换旧符。"东坡诗云："退闲拟学旧桃符。"

此条把"桃板"等同于"桃符"，但同书卷四十"岁除"一章中"赐钟馗"条载：

钟馗、门神、桃符、桃板诸物，皆候家祭毕设之，恐惊祖先也。

这里的措辞则"桃符"与"桃板"又成了两种事物。北宋元丰（1078—1085）中开封高承撰写的《事物纪原》卷八"岁时风俗部"中则明确把"桃板"与"桃符"分开来释义。《岁时广记》"写桃板"之外还另列了"饰桃人""画桃梗""插桃梧"等条目。宋代孟元老著的《东京梦华录》中同样把“桃板”和“桃符”列为两种事物。正如明代嘉靖本的王安石《元日》末句为“争插新桃换旧符”，与现行的“总把新桃换旧符”有异，由此可知宋代各地习俗中，大的桃板与小的桃符都有存在，而且小桃符也有“钉门上”和“插地上”的分别。

整个北宋时期在桃符上题写对偶句的事例极少。事实上，除后蜀的“余庆长春一联”外，北宋只有一例大致可信的桃符偶句，南北宋间人张邦基所撰《墨庄漫录》卷八云：

> 东坡在黄州，而王文甫家东湖，公每乘兴必访之。一日逼岁除，至其家，见方治桃符，公戏书一联于其上云：“门大要容千骑入；堂深不觉百男欢。”

到了南宋时期，吴自牧《梦粱录》中追记南宋钱塘盛况，对于社会习俗记述甚详，其中卷六“十二月”及“除夜”两条中涉及桃符的文字分别如下：

> 岁旦在迩，铺席百货，画门神、桃符、迎春牌儿，纸马铺印钟馗、财马、回头马等，馈与主顾。
>
> 十二月尽，俗云“月穷岁尽之日”，谓之“除夜”。士庶家不论大小家，俱洒扫门闾，去尘秽，净庭户，换门神，挂钟馗，钉桃符，贴春牌，祭祀祖宗。遇夜则备迎神香花供物，以祈新岁之安。

北宋民间桃符中，形制较大的桃板，当以神像以及狻猊、白泽的神兽图案为主，同时混杂有类似诗歌的祈福文辞，或为富贵之家所用。一般市井民众所用应是形制不大的桃符，内容以书写神荼、郁垒以及祈福禳灾为主，同时植于门的桃梗还有使用。而到了南宋时，一方面，因印刷术的兴起，纸印门神及春牌在民间日趋流行，桃符的使用受到了一定的冲击，桃木年节用品的种类不再那么丰富，北宋的“桃符、桃板”演化成了南宋的“桃符、春牌”。另一方面，一些好古的文人士大夫在桃板上撰书祈福文辞或偶句的风气较北宋更为兴盛。梁章钜《楹联丛话》卷一《故事》中就收有南宋多人的桃符偶句，其中楼钥桃符：

门前莫约频来客；
坐上同观未见书。

此外，还有关于韩香、洪平斋、真德秀以及朱熹“题桃符”的记载。该书所载朱熹联语中还有不少其他种类的作品，但真实性都有待考查，因为朱子的时代还不存在“书院联”“赠人联”的文化传统和写作氛围。

南宋末年还有两例同时使用多副桃符偶句的事例，明蒋一葵《尧山堂外纪》卷六十二记载南宋贾似道门客所撰三副桃符偶句：

> 贾似道开阃日，有桃符一联云：“笑迎珠履三千客，坐拥貔貅百万兵。”人皆称羡。一客独笑曰：“若是，则客居主位矣！何不曰：‘坐拥貔貅兵百万，笑迎珠履客三千。’”贾大喜，厚赠之。（他如“威行塞北几千里，春满淮南第一州。”“阳春膏雨三千里，明月香风十二楼。”皆门客所谄献者。

另一例是贾似道的门客兼密友廖莹中所用，宋末周密的《癸辛杂识别集》卷下载：

> 廖药州湖边之宅，有世禄堂、在勤堂、惧斋、习说斋、光禄斋、观相庄、花香竹色、红紫庄、芳菲径、心太平、爱君子。门桃符题云："喜有宽闲为小隐，粗将止足报明时。""直将云影天光里，便作柳边花下看。""桃花流水之曲，绿阴芳草之间。"

宋代以前的历代诗歌中，极少见"桃符"一词，宋代特别是南宋的诗词作品，则较为频繁地出现了关于桃符习俗的描述，从中我们还可以窥见南宋桃符的基本情况：朱淑真《除夜》诗"桃符自写新翻句"，说明是自撰的诗句或联句；李流谦赠人诗"觅君佳句写桃符"，说明是摘录朋友诗中的警句来题桃符；陆游曾有七首诗中说到桃符，其诗句"灯前小草写桃符"说明了他写在桃符上的书体；释慧远及释月涧均有偈颂"家家门首钉桃符"，表明了桃符的悬挂方式；胡仲弓《元日》诗"大书春帖当桃符"，说明南宋桃符在功用上与春帖子有所混杂和融合；释文珦诗句"休画桃符郁垒神"，表明他所见的桃符仍是画有郁垒神像的古老样式；方蒙仲《学厅桃符》为三首七言律诗，表明桃符上可以题写56字的七律；薛嵎《新年换桃符》诗"桃符频换句难新"，说明年年自撰桃符诗句所遇到的"词穷"的困境；王迈《除夕》诗"邻人或倩写桃符"，表明当时已有善书者要为四邻书写春联的现象；刘克庄《新元》诗"官送桃符犹懒写"以及宋末元初方回《郡送桃符戏书》诗题，表明宋元时期地方官有向特定人群赠送桃符的习惯做法，类似今天行政部门的"送春联活动"。

与宋代桃符内容丰富多彩形成强烈反差的，是元代桃符形制的缩小和内容的简化，从元代郑廷玉的杂剧《包待制智勘后庭花》中可以看出：第一，包拯让张千排门去寻“宜入新年”，可见元代市井中仍然是有门户即有桃符。第二，桃符上只写四字，而且还可以插入鬓发中，可见形制应该不大，或在长一尺宽二寸之内。第三，包拯见到“长命富贵”四字，便能肯定另一片桃符上是“宜入新年”四字，说明此八字不太工整的对语是市井中普遍使用的桃符文辞。目前能查到的元代桃符偶句只有《南村辍耕录》卷二十七“桃符”条：

张之翰，字周卿，邯郸人，由翰林学士除授松江知府。自题桃符云：“云间太守过三载，天下元贞第二年。”是岁卒，亦谶也。

7. 明清时期：明初的桃符形制，仍沿袭南宋和元代，存在书写“神荼郁垒”两神名和题写对偶语句并存的情况。明初大臣程通《和曹同官韵》一诗首联为：“书就桃符第二联，殷勤整佩去朝天。”而同时期诗人易珉《永乐元日》诗颔联则云：“门换桃符书郁垒，杯传柏叶款元神。”

明代中早期，以红纸书写对偶词句的全新民俗——春联习俗已经兴起，但古老的桃符习俗却并没有因此而退出历史舞台，仍沿着自己的发展轨迹继续演进。在春联习俗全面普及之前（1400—1450），甚至存在一个桃符偶句与春联（当时称春帖或门帖）和厅堂联并行的情况，据叶盛（1420—1474）的《水东日记》载：

前年过泰和，谒杨尚宝叔简，王抑庵尚书，见杨氏春帖云：

“世承良吏德，门倚素王宫。”意必东里公所作，抑庵中堂集古人语云：“诏许归蓬荜，性本爱丘山。”又尝闻杨文定公桃符有曰“黎庶但教无菜色，官居何必用桃符”云。

文中“杨尚宝叔简”是明初重臣杨士奇（1366—1444）次子，荫袭任尚宝丞（为皇帝管理印章），叶盛推测杨家的春联应为杨士奇所撰。“王抑庵尚书”即曾任吏部尚书的王直（1379—1462），王直家的中堂上挂有一副集古人诗句的厅堂联，分别集自杜甫和陶潜。“杨文定公”即曾继杨士奇任内阁首辅的杨溥（1372—1446），他的题桃符联是明代仅见的一副桃符偶句。

明代桃符的形制总体上是承袭元代的简化模式，很难再恢复到两宋桃符的阔大和丰富。明崇祯《嘉兴县志》卷十五《政事志·里俗》中把门神、桃符与春帖并列叙述：

三十日为除夜，设肴酒祀供神，易桃符、门神、春帖（春帖，门联，俗尚吉祥之语），封井（禁，不汲水）。……

这说明此时它们已经成为三种不同的事物，宋代桃符上的图和文，现在已分别由门神和春帖承担，桃符上多数情况或许只剩下“神荼、郁垒”四个字了。明末范景文《和北吴歌》所描绘的春节景象是“桃符门挂映春联”，这说明随着节庆门俗大家庭的不断扩大，桃符的地位越显得微不足道，节日门俗的主角已经更换为大红喜庆的春联了。

到了清代前期，桃符与春联仍然呈现出并行不悖的关系，曹雪芹（约1715—约1763）的《红楼梦》第五十三回写宁荣二府过年时的情景：

已到了腊月二十九日了，各色齐备，两府中都换了门神、联对、挂牌，新油了桃符，焕然一新。

图2-5 当代偶见的桃符

门神与春联都要贴新的，但此时的桃符却不再更换了，只是新油一遍即可。清代中叶以后，以红纸书写“神荼、郁垒”连同各类门神习俗依旧盛行，但桃符习俗却渐渐淡出了年节民俗的舞台。

顾禄（字铁卿，1794—约1842）的《清嘉录》卷十二“门神”条：

夜分易门神。俗画秦叔宝、尉迟敬德之象，彩印于纸，小户贴之。

“神荼郁垒（钟进士）”条：

或朱纸书神荼、郁垒以代门丞，安于左右扉；或书“钟进士”三字，斜贴后户以却鬼。

到光绪三十二年（1906）富察敦崇作的《燕京岁时记》里，春联和桃符干脆混为一谈，这说明了桃符习俗的全面消退，桃符习俗已完全被春联习俗所替代：

> 春联者，即桃符也。自入腊以后，即有文人墨客，在市肆檐下，书写春联，以图润笔。

通过对桃符历史的梳理，可以看出桃符习俗有着自己独立而完整的演化轨迹：桃符习俗起源于西汉，其上最初只是勾勒神像的“桃人”，除夕插于门两旁的地上。发展到南朝，形制扩大为两块“桃板”，分别描绘神荼郁垒的神像除日挂在门的两旁。宋代出现个别题写有偶句的桃板，但更多的还是包括神像、春词、祝祷文辞和诗歌等复杂图文的桃符。元代桃符形制短小，文字单调，很少再有书写偶句的情况。明代因为春联习俗的出现，桃符比元代更为简化。入清后桃符在年节门俗中的影响更见萎缩，普遍性的桃符习俗最后在清代中晚期基本消失。

桃符从西汉兴起到晚清消亡，前后经历了约二千年的时间跨度，明代中期到清代中晚期，桃符习俗与春联习俗是并行发展的状态，也就是说，我们完全可以把桃符习俗和春联习俗看成两种各自独立的民俗文化，不宜说春联习俗完全是从桃符习俗发展而来。这两种习俗唯一的相近点，就是春联必须使用对偶语句，而桃符只是在宋代偶有书写对偶句的情况。若从神荼郁垒二神的画像而言，我们宁可相信流行至今的门神习俗才是桃符习俗的直接继承者。

二　春帖子习俗

春帖子习俗源于古代庆祝立春日的仪式。西晋傅咸（239—294

年）的《燕赋》中有“衔青书以赞时，著宜春之嘉祉”之句。南朝梁宗懔的《荆楚岁时记》中记述了立春日的习俗：

立春之日，悉剪彩为燕以戴之，帖“宜春”二字。

隋代杜台卿（？—约597）《玉烛宝典》卷一云：

立春多在此月之初，俗间悉剪彩为燕子，置之檐楹，以戴，帖宜春之字。

上述记述说明自晋至隋约三百年间，逐渐在立春日形成了“剪彩为燕”和“帖宜春”的习俗。

《玉烛宝典》卷一又有记载：

刘臻妻陈立春《献春书颂》云：“玄陆降坎，青逵升震。阴祇送冬，阳灵迎春。熙哉万类，欣和乐辰。顺介福祥我圣仁。”

刘臻（527—598），生活在南朝梁至隋代。

唐朝段成式（约803—863）《酉阳杂俎》卷一载：

立春进春书，以青缯为帜，刻龙像衔之，或为虾蟆。……皆有辞。

从上两条材料中，我们可以看出南北朝至隋时期，在立春日有“进春书”的习俗。南朝春书上所写的文字是四言为主的押韵的颂辞，有两组句子注意了对偶，而北朝春书上所写的文字不明。

南北朝至隋唐，“剪彩为燕”向民间剪纸方向演化，而“帖宜春”发展为“进春书”和“书宜春”两种形式。此时“宜春帖”所用的材质分别为彩绸和青缯，上面的文字多为“宜春”二字，也有表达迎春祝颂之意的四言文辞。使用位置也从戴在头上，改为挂在檐楹门窗间。

唐末韦庄（约836—约910）《立春》诗云：“殷勤为作宜春曲，题向花笺帖绣楣。”从“宜春曲”可以看出内容演变得更为丰富，上面题写的应该是迎春的诗歌。材质已经不局限于丝织品，可以是精美华丽的笺纸。帖的位置是门楣。

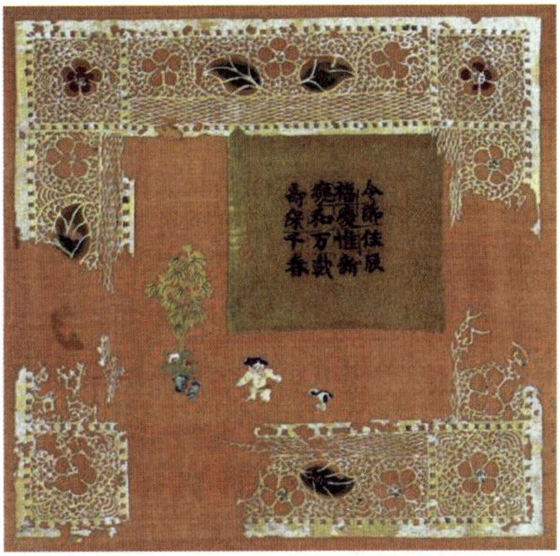

图2-6　日本正仓院所藏唐代春帖实物

日本正仓院收藏有一件唐肃宗至德二年（757）的罗底金字的春帖实物，是在浅碧罗之上，粘有金箔，剪彩成十六字云：

令节佳辰，福庆惟新；
燮和万载，寿保千春。

其材质与《酉阳杂俎》所记载的青缯颇合，只是装饰更加华美，而内容又与《玉烛宝典》所记载的春书相似，都是颇注意对偶的四言祝颂语。

1991年，敦煌研究院研究员谭蝉雪在《敦煌遗书》斯坦因第0610卷的背面发现抄录有以下文字：

岁　日：三阳始布，四序初开；
福庆初新，寿禄延长。
又：三阳开始，四序来祥；
福延新日，庆寿无疆。
立春日：铜浑初庆轨，玉律始调阳；
五福除三祸，十善消百殃；
宝鸡能僻恶，瑞燕解呈祥；
立春题户上，富贵子孙昌。
又：三阳始布，四孟初开；
凶随故往，吉逐新来；
年年多庆，月月无灾；
鸡能僻恶，燕复宜财；
门神护卫，厉鬼藏摧；
书门左右，吾傥康哉。

这些文字被发现者判断为最早的春联，但就其形式而言，则明显是当时的春帖子文辞。理由是：从形式上看，以四言居多，大多数注意对仗与押韵，这与《玉烛宝典》刘臻妻在立春日所献春书的文辞以及日本正仓院唐肃宗至德二年春帖实物上的迎春祝文是很相似的；从时间上看，写于“岁日”和“立春日”，从之前的梳理中我们可以看出，有除日“帖牖作春书”的记录，却没有立春日著桃板或插桃梗的记录；从字数上看，“立春日”两段文辞之多，以当时桃符形制，似很难容纳下，事实上，其后很久的桃符偶句，文字都比较简短。

总之，唐代的宜春帖习俗延续了前期的风格，只是内容上更丰富了一些，除了“宜春”两字，四言颂辞外，偶尔也会出现迎春的诗歌，尤其是五言诗歌。在使用的位置上已经移到了门。使用的时间不仅限于立春日，还限于除日。使用的材质方面也有转移的个例。

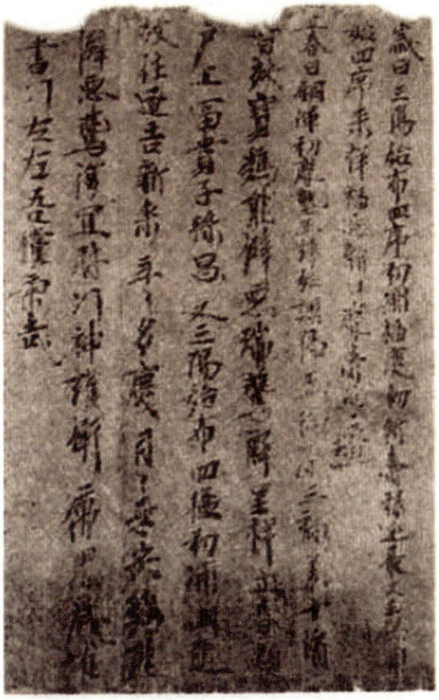

图2-7　《敦煌遗书》中的春帖文辞

进入宋朝后，一方面，旧有的在彩燕上、青幡上帖宜春字的习俗还在延续，另一方面，宋代宫廷中又创设出一种立春日和端午节使用的“春端帖子”。这种官方春帖子是用于帝后等宫阁专门使用，由学士院当直学士编撰，经翰林书待诏书写，交由内禁专门机构以罗帛彩丝金缕织造的宫廷节日用品，始于北宋真宗时期，消亡于南宋末期。北宋司马光《日录》载：

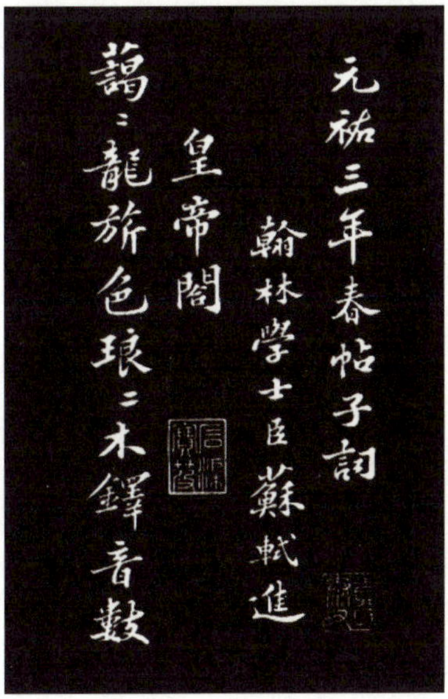

图2-8　苏轼春帖子词

> 翰林书待诏请春词，以立春日剪贴于禁中门帐。《皇帝阁》

六篇，其一曰："漠然天造与时新，根著浮流一气均。万物不须雕琢巧，正如恭己布深仁。"……

南宋周密《武林旧事》卷二"立春"条载：

学士院撰进春帖子。帝后贵妃夫人诸阁，各有定式，绛罗金缕，华粲可观。

宋代皇宫春端帖子词，为一组数量大致固定的五、七言绝句，其体工丽，内容大都是歌功颂德的，或者寓规谏之意。皇帝的重视使得这种文体兴盛一时，流传至今的超过千首，宋代文人欧阳修、司马光、苏轼、李清照等均有此类创作。

宋代春端帖子使用位置已经明确定位到门上，除了在皇宫使用，在民间也开始流行。《岁时广记》卷二十二《作门帖》中记载：

《皇朝岁时杂记》：学士院端午前一月，撰皇帝、皇后、夫人阁门帖子，送后苑作院，用罗帛制造，及期进入。……春日亦然。民间以朱书诗或符咒作门帖。

其"朱书""门帖"之形式，和后世的"春联"又进一步靠近了，同时还说明宋朝春帖子还有了"门帖"或"门帖子"的新称谓。

南宋胡仲弓《次梅庄守岁韵》的中间两联：

守岁有人献椒颂，辟邪无术诿桃符。
屠苏不饮防心醉，春帖慵裁欠句书。

这里把裁春帖与挂桃符、献椒颂和饮屠苏等年节习俗并列，说明春帖子在使用时间上也移到了除夕和元日。

到了元代，更出现了革命性的变化，就是在“春帖”上出现了独立使用的对偶句。如元代浙东道宣慰使都元帅杨瑀（1285—1361）著《山居新话》载：

> 元统间，余为奎章阁属官，题所寓春帖曰：“光依东壁图书府，心在西湖山水间。”时余嵕山为江浙儒学提举，写春帖付男(垌）置于山居，则曰：“官居东壁图书府，家住西湖山水间。”偶尔相符，亦可喜也。

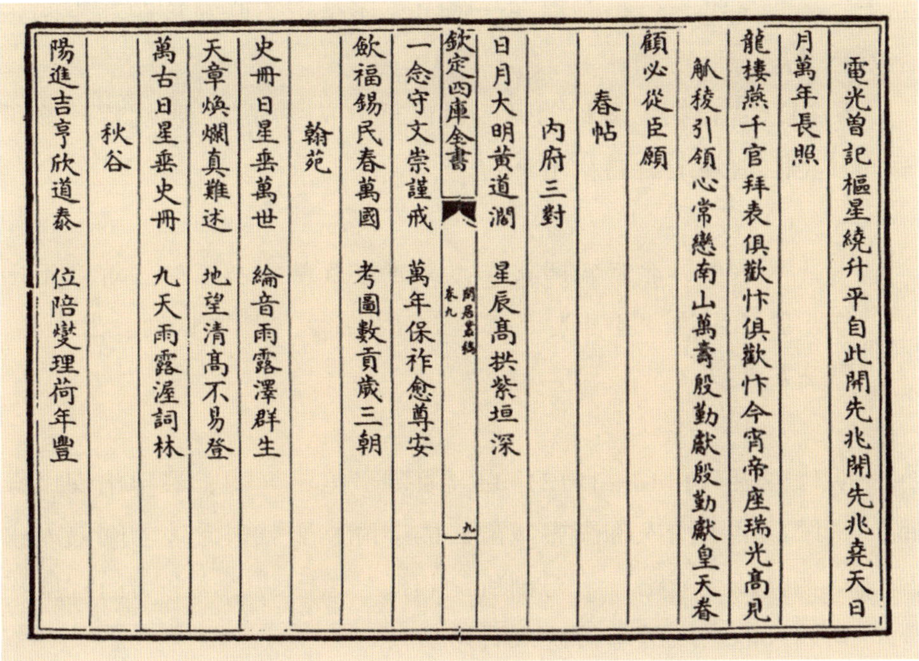
電光曾記樞星繞升平自此開先兆開先兆堯天日
月萬年長照
龍樓燕千官拜表俱歡忭俱歡忭今宵帝座瑞光高見
觚稜引領心常戀南山萬壽殷勤獻殷勤獻皇天眷
顧必從臣願
春帖
内府三對
日月大明黄道潤　星辰高拱紫垣深
欽定四庫全書　閑居叢稿　卷九　九
一念守文崇謹戒　萬年保祚愈尊安
歛福錫民春萬國　考圖數貢歳三朝
翰苑
史冊日星垂萬世　綸音雨露澤群生
天章煥爛真難述　地望清高不易登
萬古日星垂史冊　九天雨露渥詞林
秋谷
陽進吉亨欣道泰　位陪燮理荷年豐

图2-9　元代蒲道源《闲居丛稿》中的“春帖”

元代蒲道源（1260—1336）《闲居丛稿》卷九中有“春帖”一节，收录他在任国子博士时为内府、翰苑和宰辅大臣李孟（字秋谷）所题写的春帖偶句14副，其中12副为七言联，2副为五言联。这是一位宋元到明代早期这一历史时期，习俗偶句创作数量最多的作者。

宋代以前的宜春帖是以彩色或青色的丝织品为载体的，偶见题写于“花笺”。北宋皇宫的春端帖子则是在一块丝织品上绣出五七言绝句（《岁时广记》卷八“撰春帖”引《皇朝岁时杂记》云“罗帛缕造”，卷二十二“门帖子”云“罗帛制造”），到南宋明确为深红色的丝织品（《武林旧事》卷二“立春”条载“绛罗金缕”）。宋代民间使用的“朱书门帖”则材质未明。元代春帖偶句是题在丝织品上，还是笺纸上？是题写在一张上，还是上下联对称题写于两张上？目前还无从得知。

明初，“春帖”多称为“门帖”或“门帖子”，明代蒋一葵所写的《尧山堂外纪》卷八十一：

> 永乐中，北京宫阙初成，文庙命解学士书门帖。解难于比拟，偶见古诗“日月光天德，山河壮帝居”即书以进。上大喜，赐赉甚厚。

明代戴冠（1442—1512）的《濯缨亭笔记》中，最早出现“春联”一词。至于清人陈尚古《簪云楼杂说》所载朱元璋为阉猪人家题“双手劈开生死路，一刀割断是非根”之事，因该书可信程度不大，我们只能当成故事传说来看待。

明代早期的春帖，不论是摘录自诗文中的对偶句或是自撰的对偶句，已经慢慢形成了必用对偶句的习惯。宋人的桃符偶句与元人的春帖偶句，加上明代造纸业可以大量生产的廉价红纸，一并形成了“必以对语，朱笺书之者”的春联习俗。至此，明确的对联文体意识才算初步形成，对联文体开始从自发的时代跨入了自觉的时代。

春联诞生之初，名称上仍沿袭春帖和门帖的称谓，自正德年间戴冠《濯缨亭笔记》首次出现了“春联”一词，在嘉靖年间李开先出版的《中麓山人拙对》中，春联作品有几十副之多，但称谓上主要称“春帖”和“春对”，仅有一次称为“春联”。明代中期桃符的衰落和春联的兴盛与普及，从嘉靖年间的《汀州府志》卷一《风俗》之“十二月”的两条记载可以清楚地看出来：

桃符：新画桃符置户两旁，貌荼、垒于上，以厌邪魅。

春帖：士夫之家俱用五色笺书联句，以贴于门或厅堂柱间，虽工贾家亦买而贴之，以见除旧布新之意。

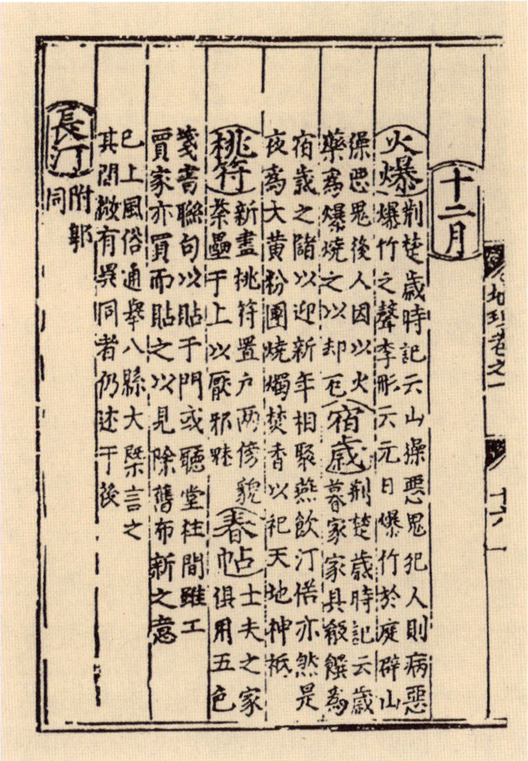
十二月
火爆 荆楚歲時記云山㺐惡鬼犯人則病惡
爆竹之聲李畋云元日爆竹於庭辟山
㺐畏鬼後人因以火
藥爲爆燒之以却祟 宿歲 荆楚歲時記云歲
暮家家具殽饌爲
宿歲之儲以迎新年相聚燕飲汀俗亦然是
夜爲大黄粉團燒燭焚香以祀天地神祇
桃符 新畫桃符置户兩傍貌
荼壘于上以厭邪魅 春帖 士夫之家俱用五色
箋書聯句以貼于門或廳堂柱間雖工
賈家亦買而貼之以見除舊布新之意
已上風俗通舉八縣大槩言之
其間微有異同者仍述于後
長汀 附郭同

图2-10 明代《汀州府志》中的“桃符”和“春帖”条

桃符简陋的形制仿佛又退回到了汉代，而以彩笺纸书写对偶词句的春帖，已经贴到了工贾等普

图2-11　甘肃出土的汉代彩绘墨书铭旌

通人家，成为普遍性的民俗。历史上那种只题写“宜春”的春帖虽然也偶尔出现，但整个的春帖习俗基本上已转变为红纸书写的春联、横批、春字、福字及挂笺等等这一整套的春联习俗。

从民俗学意义上说，桃符习俗和春帖子习俗都是春联习俗的文化源头，但桃符习俗和春帖子习俗都有着自己独立的发生发展轨迹，相比于桃符习俗，我们可以说春帖子习俗与春联习俗的渊源更深，甚至，在春联习俗诞生的初期，连名称都叫“春帖”“门帖”，这便昭示了两者间直接的继承关系。桃符习俗的意义全在于驱邪，而春帖习俗的意义却在于迎新，祈福纳祥的春联习俗，从功能上说也是与春帖子一脉相承。

三　铭旌习俗

上面我们从民俗这个角度详细叙述了从桃符偶句和春帖子偶句发展到春联文体的全过程，因为春联是对联家族中最早出现的类别，所以春联的诞生历史也成为对联文体诞生历史的一部分。有资料证明，对联文体的民俗学源头并不止桃符偶句和春帖子偶句两种，对联类别中的挽联和丧葬实用联，可能并不是由春联发展而成，它们可能有着自己直接的民俗学源头，这就是南宋的铭旌偶句。就像春联是起源于桃符习俗一样，挽联同样也是源于民间丧葬风俗。

古代丧俗，人死后，按死者生前等级身份，用绛色帛制一面旗幡，要请有名望或有功名的人在上面以白色题写死者官阶、称呼，用与帛同样长短的竹竿挑起，竖在灵前右方，称之为“铭旌”。大殓后，以竹杠悬之依灵右。葬时取下加于柩上。丧礼上使用铭旌是一种古老的社会习俗，据说始于周朝。《周礼·春官·司常》：“大丧，共铭旌。”传统铭旌上书写的文字内容包括朝代、死者身份、享年、姓名，这种传统的书写形式一直流传到当代。作为铭旌习俗发展中的一个小插曲，南宋时部分地区出现了一种花式的另类铭旌，即在铭旌上书写七言对偶句，用以赞颂死者功绩，也有人死前自题铭旌以抒发情怀。宋陆游《老学庵笔记》卷一载：

赵元镇丞相谪朱崖，病亟，自书铭旌云：“身骑箕尾归天上；气作山河壮本朝。”

赵鼎（1085—1147），字元镇，南宋时期数度为相，因被秦桧排斥，从泉州、漳州、潮州一直被贬到海南，临死前自己在铭旌上书写了这副七言偶句，成为后世丧葬对联以及自挽联的滥觞。因为赵鼎卒于1147年，而陆游生于1125年，所以《老学庵笔记》所载的赵鼎自书铭旌联应该算是相对可靠的历史记载。赵鼎自题联句于铭旌，虽然并没有明确的对联文体意识，但却可以说是独立使用的对偶句与民间丧葬习俗之间最早的结合。

当代考古发掘的新发现，让我们有幸看到了一组南宋铭旌偶句的实物。1986年7月，福州市鼓楼区杨桥西路茶园山小学在修建操场时发现一座宋代古墓。墓中出土了包括400多件丝织品在内的大量珍贵文物，在全国考古界引起轰动。出土文物中包括多件书写有七言偶句的绛色帛幡，其形制与传统的铭旌高度一致。帛幡上书写

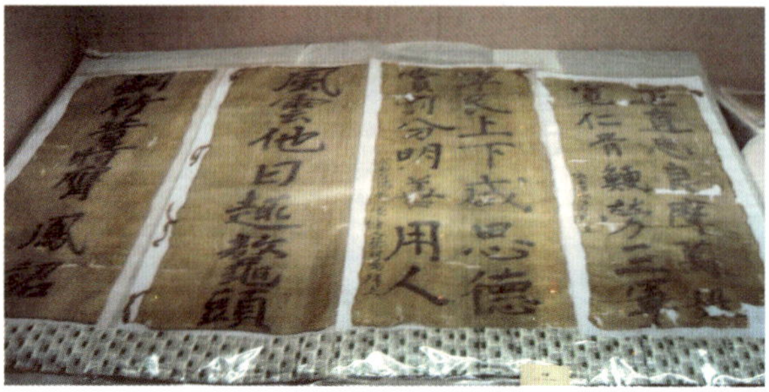

图2-12 福州古墓中出土的南宋铭旌偶句

的偶句为：“铜竹昔时膺凤诏；风云他日趣鳌头。”“军民上下咸思德；赏罚分明善用人。”“正直忠良摩万姓；宽仁骨鲠劳三军。”“军民揾泪持杯送；无福登消好帅君。”除此之外，棺椁其他帛幡上还有以下两联：“夔门日日望君来；鄂渚人怀去后思。”“争似早登黄阁去；普天霖雨总无思。”其中一幅帛幡中标注着入葬的年份为南宋的“端平乙未”，也即公元1235年，四川夔门和湖北一带，在1235年是南宋军队与蒙古人激战的最前线，根据以上文字内容来推断，墓主人极可能是在当年战役中阵亡的高级将领，死后被运回福州家乡安葬。

如果说1147年赵鼎临终前自题铭旌联语或许有可能是他个人的心血来潮之举的话，那么福州这座1235年下葬的古墓中铭旌偶句集中使用的情况，就要考虑是一种地域性的民间习俗了。但福州已发掘的上百座宋代墓葬中只有此墓存在这类铭旌偶句，而在墓主人的战死地夔门或鄂渚等地也暂未发现同类史料，所以这一做法的文化和习俗背景还有待进一步研究。值得注意的是，上述文字中三副为工整的对偶句，三副为非对仗的一般联句，这应该能够说明此时铭旌文字的使用还没形成必须对偶的严格规定，只能看作丧葬实用对联正在形成的一个中间过程。

南宋铭旌偶句与宋元时代的桃符偶句和春帖子偶句非常具有可比性，因为宋元时期的桃符和春帖子上，图画与诗文占着压倒性的多数，偶尔出现的原创性对偶句只是偶然的现象。但随着使用对偶句的频率越来越高，终于在明代中早期形成了在红纸上书写偶句的风俗并迅速普及，此时才可以宣告春联文体的诞生。同理，我们今天当然可以把“身骑箕尾归天上；气作山河壮本朝”以及“铜竹昔时膺凤诏；风云他日趣鳌头”称为自挽联和挽联，但考虑到当时这种非典型性铭旌的使用只是偶然的和局部的情况，再考虑到其中比例不小的非对偶联句，我们还是把这种铭旌偶句，视为挽联特别是丧葬实用联的萌芽阶段为好。

四　其他器具偶句

宋元时期，因为诗话摘句评诗现象十分兴盛，所以影响到在桃符、春帖子以及铭旌上独立使用对偶语句，这是对联文体得以孕育产生的根本源泉。宋元民俗用品上出现独立使用的偶句，除桃符、春帖子和铭旌这三类外，还见于瓷枕、砚台、扇面等生活用品。

1. 瓷枕偶句

瓷枕是中国古代的睡具，唐代就已流行，到宋代达到鼎盛。比较讲究的瓷枕上，除以花纹图案装饰外，有些刻画有文字。文字的内容，唐代以诗为主，有些可在全唐诗中查到；宋代则多刻以词，少数刻以社会上流行的箴言警句，如“众中少语，无事早归”“为争三分气，白了少年头”“富从升合起，贫从不计来”等。瓷枕上的文字偶然会有两句对仗的文字，但基本都是抄录的诗词谚语的成句(详见申家仁《枕上的诗情——论古代瓷枕诗词》，《九

图2-13　宋代瓷枕偶句

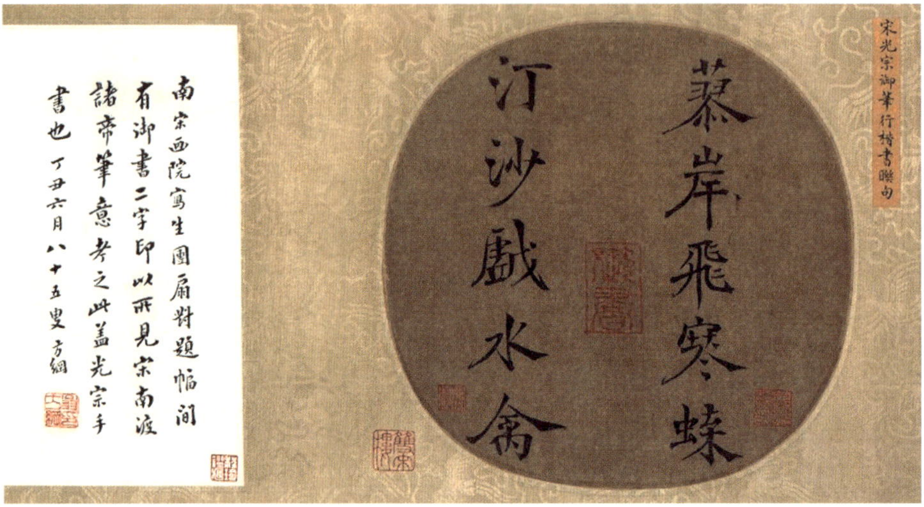

图2-14　宋光宗书扇面偶句

江学院学报》2005年第2期)，与枕头功能相关的，只见到“欲作高堂梦，须凭妙枕欹”“水簟堪为对，书帷枕更欹”两例，这两联非摘录自诗句，应该纯为瓷枕的功用而编撰创作，应该也属于对联文体的萌芽。

2. 砚台偶句

宋代砚台上存在一些绘画和诗词作品，也有个别镌刻单独的偶句，如有一方宋代铭文小砚台，上刻“长醉非关酒，多愁不为贫”一联。当然，这类装饰性用联，内容一般出自前人诗句，如此联就出自唐代戴叔伦《江上别张欢》：“年年五湖上，厌见五湖春。长醉非关酒，多愁不为贫。山川迷道路，伊洛困风尘。今日扁舟别，俱为沧海人。”

3. 扇面偶句

宋代在扇面上题写偶句的情况时有发生，如南宋皇帝赵昀(1205—1264)题写的扇面，对称书写“潮声当昼起，山翠近南深”

一联，形制上极似后世的楹联书法，但此联也是摘唐人诗句，出自唐代韩翃《送元诜还江东》："过江秋色在，诗兴与归心。客路随枫岸，人家扫橘林。潮声当昼起，山翠近南深。几日华阳洞，寒花引独寻。"

4. 灯门偶句

此外，南宋时还出现过元宵节在灯门上题写的偶句，元初刘埙（1240—1319）《隐居通议》卷十有"扬州上元灯诗"一条：

> 贾似道镇维扬日，上元张灯，客有摘古句作灯门诗者，曰："天下三分明月夜，扬州十里小红楼。"众称其切。吾尝以为此必药州廖莹中所为也。唐人诗曰："天下三分明月夜，二分无赖是扬州。"又，唐人登第词曰："扬州十里小红楼，尽卷上珠帘一半。"皆本郡事也。

南宋时扬州的"灯门诗"是不是只有两句，如何题写于灯门，目前无从考证。此处"唐人登第词"是错引，应为宋人汪存的词《步蟾宫》。此处所集唐宋诗词句为联，从形式到内容都十分巧，与后世的集句联已无二致，且又是于节日题于灯棚，应该算是在习俗中独立使用偶句的尝试了。

上述习俗偶句各自演化发展，都是对联文体的民俗学源头，其中最主要的源头，还应该说是春帖子，春帖子从早期的写"宜春"两字或四言祝词，发展到宋代题写五七言绝句的宫廷"春端帖子"和民间书写"厌胜祷祠之言"的春帖，但此时的春帖应该还只是单幅书写。到了元代，"厌胜祷祠之言"开始以迎春祈福的对偶句的新形式出现，然后逐步借鉴"桃符偶句"的双幅竖向书写，再经过元末明初一段时间的发展，最终在全社会形成以两条红纸对称书写对偶句的“春联习俗”。春联习俗的诞生，也标志着对联文体的真正形成，此后再加上其他几种民俗偶句传统的共同作用，从而在明代中期形成了春联、元宵联、墓联、挽联、婚联、寿联、行业联、寺观联、祠庙联等门类齐全的实用对联文体形式。

第三节 诗中之诗

我们在梳理了巧对的发展史以及从民俗偶句到对联文化的演化史之后，会对对联文体天然带有谐巧的和民俗实用的遗传因子，产生较为深切的感受。但是，当我们回到中国文学发展史的角度，我们会发现对联文体在更深的层次上，保持着的是文学的基因和诗歌的基因。

中国传统诗歌到唐代兴盛起“摘句批评”之风气，甚至出现专门摘录各家警句名联编辑成的图书，如元兢的《古今诗人秀句》等，这种风气至宋代达到巅峰，以“秀句”“句图”为名的图书也出现了许多种。通过“摘句批评”使诗人意识到，即便是从诗中摘出的一联偶句，其也存在着独立的审美意义，甚至也可以表达某种特定的主题。《全唐诗》中所收大量“残句”，一般都是因为是被人摘出的“秀句”流传了下来，而全诗却遗失了。当然，也不排除诗人只得到较为满意的一联，却没能足成全诗的情况，最终使单独的一联也成为一个独立存世的篇章。但在诗人的心目中，这一联毕竟只是一篇完整诗篇的一个零部件。进入元代后，情况开始出现质的变化，前面介绍过的曾写过14副春帖偶句的蒲道源，在其《闲居丛稿》卷十一中列有“诗联”一节，收录作者创作的“五言联”14副，“七言联”26副，此外还有“四六散联”17对，其中四言8对，六言2对，七言1对，十言4对，十一言2对。关于这些“诗联”的文体属性，我们只能说已经处于半诗半联的状态了，因为作者写作这些偶句的目的已经明显不再是组成一首诗或一篇骈文，纯粹是为写偶句而写偶句，有些偶句的独立性已经与其“春帖”偶句极为相似，难以区分。如我们可以比较以下两副七言联：

松姿不管岁来去；柳色能随春浅深。（《闲居丛稿·卷十一·诗联·七言联》）

岁月从他频往复；乾坤于我自生成。（《闲居丛稿·卷九·春帖·秋谷》）

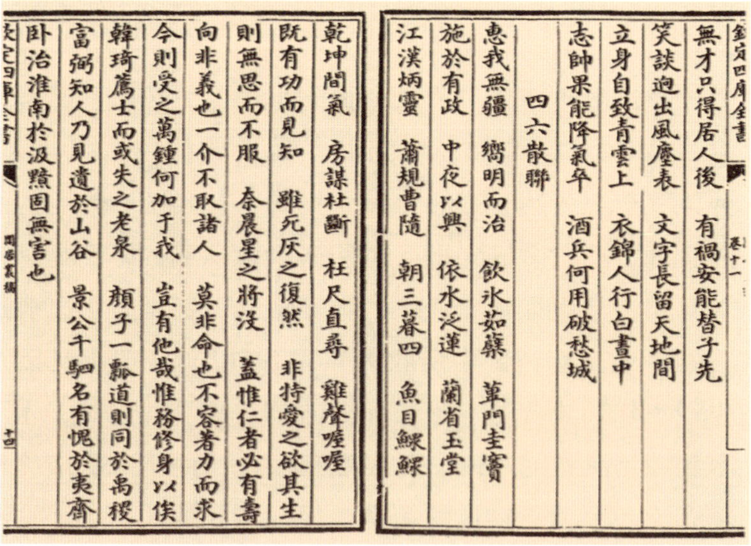
欽定四庫全書　卷十一
無才只得居人後　有禍安能替子先
笑談迴出風塵表　文字長留天地間
立身自致青雲上　衣錦人行白晝中
志帥果能降氣卒　酒兵何用破愁城
四六散聯
惠我無疆　嚮明而治　飲冰茹蘗　革門圭竇
施於有政　中夜以興　依水泛蓮　蘭省玉堂
江漢炳靈　蕭規曹隨　朝三暮四　魚目鰥鰥
乾坤間氣　房謀杜斷　枉尺直尋　雞聲喔喔
既有功而見知　雖死灰之復然　非特愛之欲其生
則無思而不服　奈晨星之將沒　蓋惟仁者必有壽
向非義也一介不取諸人　莫非命也不容著力而求
今則受之萬鍾何加于我　豈有他哉惟務修身以俟
韓琦薦士而或失之老泉　顏子一瓢道則同於禹稷
富弼知人乃見遺於山谷　景公千駟名有愧於夷齊
卧治淮南於汲黯固無害也
欽定四庫全書　閑居叢稿　十四

图2-15　元代蒲道源《闲居丛稿》中的“诗联”

这种独立存在的“诗联”在元代并没有得到更多作者的响应，所以失去了从文学自身直接演化生成对联文体的可能性。只有在桃符和春帖等民俗传统中孕育，对联文体才得以诞生并以其强大的生命力而迅速普及开来。

多种文体形式都有个普遍的规律，就是在民间产生并大规模使用之后，由于文人士大夫阶层的介入将使这一文体形式产生质的飞跃，正式登上文学发展史和诗歌发展史的舞台。因为文人士大夫也同样过着世俗的生活，不可避免地受到民俗的影响，所以春联习俗和完整的对联文体在明代中早期产生之后，很快受到了文人士大夫们的关注，从而投入到对联文体的创作之中。

一、明代对联

史上第一位可称为联家的，是明代中期的杨慎。杨慎（1488—1559），字用修，初号月溪、升庵，四川新都人，正德辛未科状元，《明史·杨慎传》称：“明世记诵之博，著作之富，推慎为第一”。杨慎因“大礼议”被嘉靖皇帝贬至云南度过余生，他在云南四川创作过不少对联作品，杨慎一生著述多达四百余种，但所作对联未能结集，流传至今的大致可信的杨慎对联有近二十副，其中影响最大的是其“昆明华庭寺”联，《楹联丛话》卷七载：

> 滇中华庭寺，亦胜迹也。有杨升庵慎题联云：“一水抱城西，烟霭有无，拄杖僧归苍茫外；群峰朝阁下，雨晴浓淡，倚栏人在画图中。”

此联以超逸之笔写清雅之景，意境高远，辞意圆融，生动形象，其艺术含量不亚于一首诗或词，在对联史上也可以说是上乘精

图2-16　李开先像

品之作。

杨慎的挚友“嘉靖八才子”之一的李开先，也是一位对联史上的重量级作家。

李开先（1502—1568），山东章丘（今济南章丘区）人，嘉靖八年进士。他28岁为官，13年间历官九任，官至太常寺少卿，41岁时因直言被免职，自此后闲居家乡长达27年。李开先回到章丘老家后，即四处购置田园，陆续修建不少亭台楼阁。他说：“近世士夫家，或新岁，或创起亭台楼馆，门楹之间，颇尚对语。”“余自罢太常，归旧里，稍稍广田园葺庐舍，傍水依山，足以乐而忘老；遍设对匾，以见志。林泉花鸟耕稼之外无他辞。游客往往见取，录之而去。”（《〈中麓山人拙对〉》序）李开先为自家园林建筑题匾撰联，开始了漫长的对联创作历程，1543至1553年十年间，李开先创作的对联便已达一千余副，刻印为《中麓山人拙对》一书。到了1559年联语又积至一千六百余副，于是又刻印了《中麓山人续对》。除现存整理本之外，在众人的跋语中又整理出不少佚散对联，使李开先存世联语的数量达到了前无古人后无来者的1871副。

李开先的《中麓山人拙对》及其《续对》，是历史上第一部个人对联专集，李开先可以说是史上第一位专注于对联创作的文人士大夫，他在20多年的时间里持续进行对联创作，频度高，数量大，是古代对联作者中存世作品最多的人，这在对联史上有着划时代的意义，因为一种文体正式走上文坛，必须有一个较大的创作群体和数位代表作家，而且还需要有作品结集出版。李开先的对联创作题材广泛，种类齐全，反映了明代中叶对联文体与社会习俗全面结合的强大阵容。此外，他还创作出逾千副以抒发个人情感为主的“散对”，这些散对或写景、或说理、或怀人，表达了对朝政和边塞的关注，描述了退隐生活的情趣，这些文字都源于作者对于生活的感受和体悟，语言质朴凝练，格调中和平易，是一种超越了风俗实用的纯“抒怀联”和“文人联”。

在多副长联的写作中，李开先首创了各分句句脚一平一仄的交替模式。同时，另一副长联，他还首次采用了“上联分句句脚全为平声，最后一句为仄声，下联与上联相反”这种模式：

古人获我心，使虏国十九年，紫塞牧羊，独苦幸得还生，群辈之中有苏武；

今士憎多口，贬潮阳八千里，蓝关跨马，为难岂惟不死，千载而下诵韩文。

这种长联分句句脚平仄安排的定式，对后代对联创作产生了巨大的影响。

徐渭（1521—1593），字文长，浙江绍兴人。一生以多才多艺著称，曾说：“吾书第一、诗二、文三、画四。”在对联创作方面，他也是一个里程碑式的人物，其所作联语，收录于明末所辑徐渭文集中，其中《徐文长逸稿》第二十四卷“杂著·榜联”载20副，

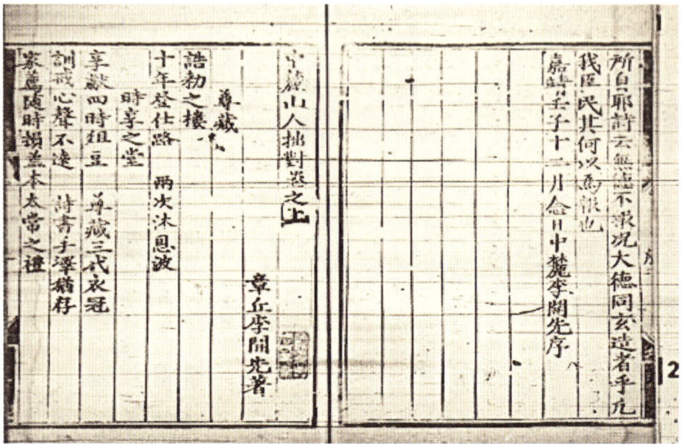

所自耶詩云無德不報況大德同玄造者乎亢
我臣民其何以為報也
嘉靖壬子十二月念日中麓李開先序

中麓山人拙對卷之上
章丘李開先著
尊藏
誥勅之樓 十年登仕路 兩次沐恩波
時享之堂 享獻四時俎豆 尊藏三代衣冠
訓戒心聲不遠 詩書手澤猶存
家藏隨時損益本太常之禮

图2-17 《中麓山人拙对》书影

图2-18 徐谓像

《徐文长佚草》卷十“榜联”载96副。徐渭联语的一个突出特点是尝试把联语写得更长一些，他写的40字以上的长联多达12副，最长一联为《开元寺大殿联》，长达140字，为明代对联之冠。对联文体诞生之初，基本上均为五七言短联，形制短小，缺少谋篇布局的回旋余地，所以增加体量向长联发展，是对联文体走向成熟的必由之路，徐渭在这方面的探索贡献和成就巨大。徐渭联语总体艺术水平较高，句式灵活，格调洒脱，如其《赠人联》：

世间无一事不可求、无一事不可舍，闲打混亦是快乐；
人情有万样当如此、有万样当如彼，要称心便难洒脱。

徐渭联语还有一个突出特点，就是不论长短联，每联必有联题，标题是文章的必备要件，从这里也可以看出，他是抱着与写诗作文一样严谨的态度来进行对联创作的。

乔应甲（1559—1627），山西临猗人，万历二十年（1592）中进士，天启六年（1626）升任南京都察院都御史掌院，旋上疏乞休致仕，次年病卒于家中。虽然乔应甲在政治上依附阉党，但人格上也有其正直勤廉的一面。乔应甲于1625年陕西巡抚任上编辑整理平生所作诗文偶句为《半九亭集》，并在1627年病逝前刻印出版。

《半九亭集》共八卷，后两卷基本上为律诗，前六卷则以各种主题的偶句为主，全书计有偶句3867则。《半九亭集》的文体属性很驳杂，其中有律诗，有杂诗，有清言，有箴铭，有对联，有说理的散体文。《半九亭集》中大部分的偶句（如其中“偶感”“看史”和“杂咏”三个部分就有偶句2483则）对仗较为粗疏，一般都存在同字相对的情况，有些似对非对，作者似乎只是想以偶句的形式直抒胸臆，这些篇章基本上可以归于清言小品的范畴。但是，书中的“春联”“家联”“坟墓”“洗耳园对”以及“寺观”“羽衲”“道释”“关帝庙”“孔庙”这些篇章，在体制上基本与对联无异，明显属于民俗实用类对联。

乔应甲一生宦海沉浮，本不以文学创作见长，但他受当时社会习俗中无所不在的对联文体的影响，倾心于对联写作，书中联语也有多处直接说到“吟对”和“作对”的创作感受，如：

抱膝亭中，非吟对句浑无虑；
游心物外，不动棋声只是眠。

总之，乔应甲与《半九亭集》可以说是奇人奇书，他笔下的这些文字，横跨于对联文体的边界线上，对其进行更深入的研究探讨，可以让我们更加深刻全面地认识对联文体。

担当和尚，原名唐泰（1593—1673），法名普荷，又名通荷，号担当，云南晋宁人。担当和尚生活于明清易代之际，早岁游学内地，结交名流，其后出家，结庵云南鸡足山，被当时人誉为“诗书画”三绝。担当在西南地区所写佛寺楹联较多，短者五言联，长则达到21言，其语言风格类似佛教偈语，语言风格及想象力极为奇特，如《通海海潮寺联》：

一粒米中藏世界，
半边锅里煮乾坤。

担当所作楹联，在其生前由门生广厦刊行为《罔措斋联集》，收录楹联386副。民国元年，云南李根源重刻，当代释淳法刊有注释本。

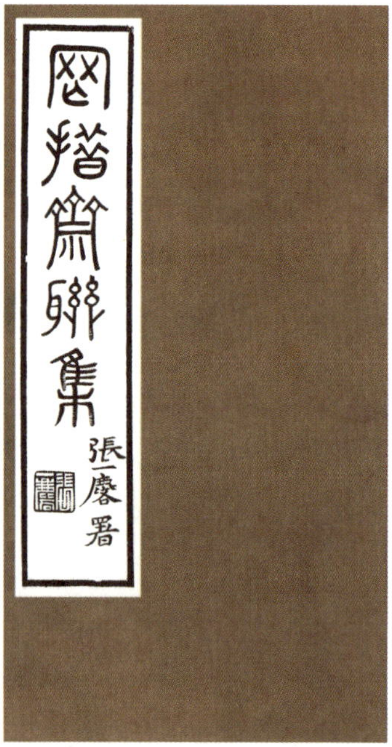

图2-19　民国元年云南再版的《罔措斋联集》书影

与担当同时代，且生活境遇相类似的对联名家还有张岱。张岱（1597—1679），字宗子，号陶庵，浙江绍兴人。张岱出身仕宦家庭，早岁生活优裕，明亡后避居山野从事著述，著作颇丰。其著作名录中有《柱铭对》，但今已不传。张岱一生写过许多优美的联语，内容多以杭州山水名胜及历史人物为主，语言清新，对偶精工，张岱的《西湖梦寻》中载有他及其同时代的董其昌等人所作对联19副，其中张岱自己的联作11副，如《岳坟柱铭》：

呼天悲铁像，此冤未雪，常闻石马哭昭陵。
拓地饮黄龙，厥志当酬，尚见泥兵湿蒋庙。

梳理一下明代文人对联的创作历程，在明代早期（1368—1468），文人偶有联作，除了那些谐巧对句外，基本上如宋元一样都是春联作品，当时称为“春帖”“门帖”或“春题”。进入第二个一百年（1468—1568），则偶有文人把对联运用于春联之外的场合，如李东阳题孔府联、李梦阳题河南藩司联，唐寅的《唐伯虎文集》中收录有“联句”五副，其中四副为五七言的题画联。至杨慎开始才有文人创作较多的联语题于山林寺院等处，而李开先以巨大的创作数量和首次编印个人对联专集，在联史上竖起第一座丰碑。之后，徐渭、乔应甲等人的对联创作，使得明代对联呈现繁荣局面，最后，又有担当、张岱等人的对联创作，为明代文人对联画上一个完美的句号。

二　清代中早期对联

与担当和张岱相类似的，还有傅山、王夫子、李渔等人的楹联创作，因为他们主要的生活和创作是在入清以后，所以一般把他们划归为清初联家。傅山（1607—1684）与王夫之（1619—1692）均名列“清初六大师”，他们偶有对联创作，虽然数量不大，但产生的社会影响却很大，如傅山的《题太原晋祠云陶洞》：

竹雨松风琴韵；
茶烟梧月书声。

此联纯由实词串组而成，没有一个动词和形容词，但意境优雅

图2-20　傅山联墨

浑成，历来为世人所赞叹。又如王夫之的《湘西草堂联》：

清风有意难留我；
明月无心自照人。

联语运用双关手法，字面写景，实则言志，民族气节跃然纸上。

李渔（1611—1680），浙江兰溪人，清初文学家、戏剧家，一生著述甚丰，生前曾编辑个人诗文杂著为《笠翁一家言》十六卷，其中卷四为楹联，收录楹联195副。李渔联语上承徐渭，句式更为灵动，气脉贯通，挥洒自如。如《庐山简寂观联》：

天下名山僧占多，也该留一二奇峰，栖吾道友；
世间好语佛说尽，谁识得五千妙论，出我仙师。

李渔联语虽多应酬之作，但制作精心，每有佳构，尤以寿联常为人称道。在李渔晚年所著《闲情偶寄》中，还有专门章节探讨联匾制作，他所独创的以木板模仿蕉叶的“蕉叶联”和用竹子所制的“此君联”，设计独特，自然古朴，拓宽了柱联制作的材质和形制。

康乾时期是清代楹联全面发展的时期，由于康熙、乾隆皇帝的喜爱和创作，带动了一些名臣如朱彝尊、宋荦、刘墉、梁同书、纪昀、赵翼等人的创作，同时民间也出现了孙髯、郑燮、袁枚等名士的创作。

朱彝尊（1629—1709），浙江秀水（今嘉兴）人，清初词人，学者，著有《曝书亭集》等。朱氏为词学大家，于对联偶有涉及，境界颇高远，如《嘉兴山晓阁联》：

不设樊篱，恐风月被他拘束；
大开户牖，放江山入我襟怀。

梁同书（1723—1815），号山舟，浙江钱塘（今杭州）人。清代书法家，能诗擅联，有《梁山舟楹帖》。梁同书联语工整雅致，其《三味书屋联》颇为今人熟识：

至乐无声惟孝悌；
太羹有味是诗书。

纪昀（1724—1805），字晓岚，河北献县人。曾任《四库全书》馆总纂官，能诗及骈文，有《阅微草堂笔记》等。性诙谐，民间传说其巧联甚多，但多不可靠。其挽联、贺联等较佳。如法式善筑梧门书屋成，纪昀题贺联：

小筑当水石间，直以云霞为伴侣；
大名在欧苏上，尽收文藻助江山。

孙髯（1685—1774），字髯翁，云南昆明人，晚年寄寓螺峰圆

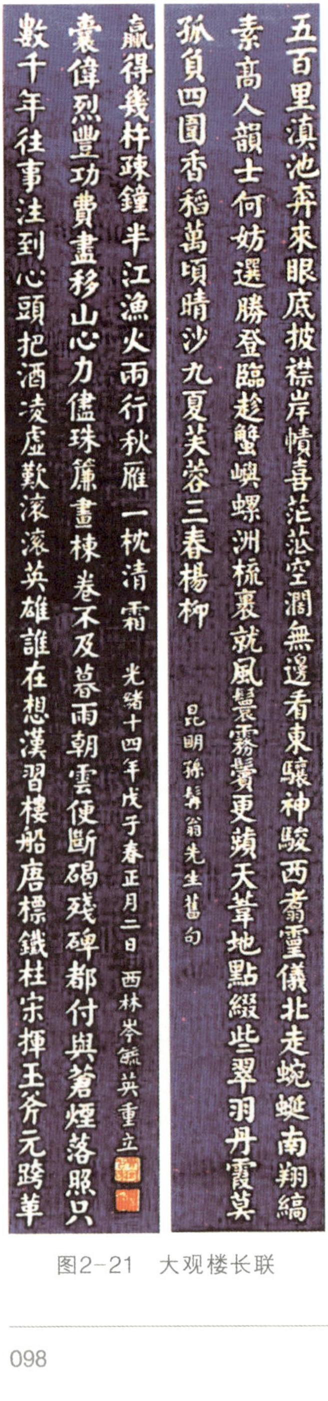

图2-21　大观楼长联

通寺咒蛟台，号蛟台老人，靠卜易为生。有《髯翁集》《永言诗文集》。孙髯擅为联语，尤以180字的《大观楼长联》最为脍炙人口，被誉为“海内第一长联”：

五百里滇池奔来眼底，披襟岸帻，喜茫茫空阔无边。看：东骧神骏，西翥灵仪，北走蜿蜒，南翔缟素。高人韵士何妨选胜登临。趁蟹屿螺洲，梳裹就风鬟雾鬓；更苹天苇地，点缀些翠羽丹霞，莫孤负：四围香稻，万顷晴沙，九夏芙蓉，三春杨柳。

数千年往事注到心头，把酒凌虚，叹滚滚英雄谁在？想：汉习楼船，唐标铁柱，宋挥玉斧，元跨革囊。伟烈丰功费尽移山心力。尽珠帘画栋，卷不及暮雨朝云；便断碣残碑，都付与苍烟落照。只赢得：几杵疏钟，半江渔火，两行秋雁，一枕清霜。

郑燮（1693—1765），号板桥，江苏兴化人。曾任山东范县、潍县知县，后罢归。“扬州八怪”之一。有《板桥全集》。今人辑有《郑板桥对联辑注》行世。郑燮以“诗书画三绝”名世，所作联语多以其“六分半书”写出，古拙中有奇气，其联语亦立意精警，如：

搔痒不着赞何益？
入木三分骂亦精。

袁枚（1716—1798），字子才，浙江杭州人。乾隆十三年辞官，定居南京随园，世称随园先生。著有《小仓山房集》《随园诗话》等。楹联著述有《楹联新句》。袁枚为联真率自然，清新灵巧，如其《题随园》：

不作公卿，非无福命都缘懒；
难成仙佛，为爱文章又恋花。

嘉庆、道光年间，阮元、梁章钜、陶澍、林则徐、何绍基几位楹联巨匠横空出世，使得清代对联更趋鼎盛。

阮元（1764—1849），号芸台，江苏仪征人，曾官任湖广、两广、云贵总督，道光年间任体仁阁大学士、太傅。曾在杭州创立诂经精舍，广州创立学海堂，提倡朴学。阮元联语意境超脱，不着痕迹，如《题杭州贡院联》：

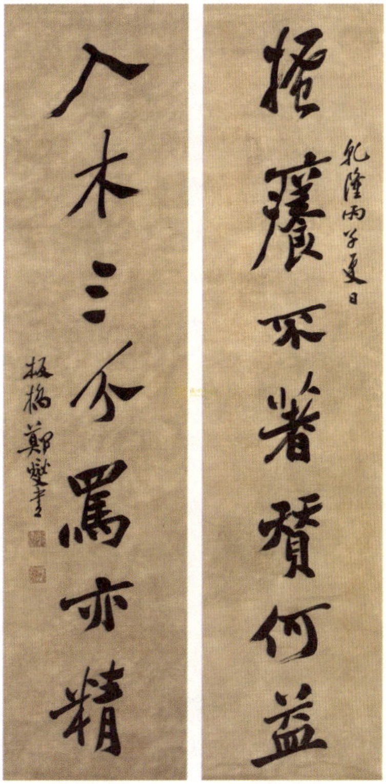

图2-22 郑板桥联墨

下笔千言，正桂子香时、槐花黄后；
出门一笑，看西湖月满、东浙潮来。

图2-23　梁章钜像

梁章钜（1775—1849），字闳中，福建福州人。曾任江苏、甘肃布政使，广西、江苏巡抚等职。一生著述甚丰。梁章钜首创联话体著作，编辑《楹联丛话》，是楹联学术研究的开创者。梁章钜联作方正雄健，气宇轩昂，如《百一峰阁联》：

平地起楼台，恰双塔雄标，三山秀拱；
披襟坐霄汉，看中天霞起，大海澜回。

林则徐（1785—1850），福建福州人，曾任湖广总督、陕甘总督和云贵总督，有《云左山房文钞》《云左山房诗钞》等，一生所作对联甚多，今人辑有《林则徐楹联辑注》，林则徐联作似岳峙渊渟，笔力沉雄，如《自题联》：

海纳百川，有容乃大；
壁立千仞，无欲则刚。

三　近代对联

清道光年间（1821—1850）在中国历史上是个至关重要的转折点，其前二十年还是清代中叶，而后十年则进入了晚清，从更大的尺度来说，中国历史从1840年开始，从古代史跨入了近代史。从这个角度说，阮元、梁章钜、陶澍、林则徐和何绍基等，既是古代对联文化的终结者，也是近代对联文化的开启者。

近代对联名家辈出，通过分析就会发现，对联作者按地域呈现出集群的现象：首先，是以湘军将领和幕僚为代表的“湖南对联群体”，以及苏南浙北和安徽、江西部分地区的“江南对联群体”；其次，侯官、闽县籍的“福州对联群体”和云贵川的“西南对联群体”、陕甘宁的“西北对联群体”，也同样引人注目。

1. 湖南对联群体

陶澍可以说是近代湖南对联文化的开启者，在他的影响下，以“晚清三杰”曾左彭为代表的湘军将领和幕僚，在近代史的开始阶段，就把对联创作推上了对联史的巅峰时期。近代湖南对联名家主要有魏源、曾国藩、左宗棠、彭玉麟、郭嵩焘、刘坤一、李寿蓉、王闿运、吴熙、吴恭亨、易顺鼎、吴獬、谭嗣同、黄兴、杨度、李澄宇等。

图2-24 曾国藩像

曾国藩（1811—1872），号涤生，湖南湘乡人，官至两江总督、直隶总督、武英殿大学士，封一等毅勇侯，谥文正。著作有《曾文正公全集》，楹联著述有《求阙斋联语》《曾文正公楹联》《曾文正公联语选录》等。

曾国藩一生热衷于对联写作，他的联语内容丰富多彩，意境雄浑典雅，格调朴厚庄重，且善于以古文句式融入联语，是有清一代屈指可数的联语大家。《郭嵩焘日记》云："涤公最善为楹联，气魄之雄，吐属之雅，人无能及者。"吴恭亨《对联话》也称："曾文正联语雄奇突兀，如华岳之拔地，长江之汇海，字字精金美玉，亦字字布帛菽粟。"

曾国藩联语长于说理，其阐述儒家处世思想和生活哲理的自箴联，以及表现亲情友情的题赠联，摆脱了实用对联的束缚，纯粹用于抒情和说理，如《自题联》：

不为圣贤，便为禽兽；
莫问收获，但问耕耘。

曾国藩题于名胜、衙署、会馆等处的对联也多有佳作，但其对联创作成就最高，自己也最为得意的还数挽联。曾国藩写过大量情真意切的挽联，如传诵最广的《挽乳母》：

一饭尚铭恩，况保抱提携，只少怀胎十月；
千金难报德，论人情物理，也当泣血三年。

左宗棠（1812—1885），字季高，湖南湘阴人，官至东阁大学士、军机大臣，封二等恪靖侯，谥文襄。著作有《左文襄公全集》，对联集有《盾鼻余沈联语》等。左宗棠早年曾因对联结交陶澍并成

图2-25　左宗棠联墨

为儿女亲家，所以一生亦钟情于对联创作。左宗棠的许多说理的格言联流传较广，如其《左氏家庙》联：

纵读数千卷奇书，无实行，不为识字；

要守六百年家法，有善策，还是耕田。

联下有作者自注：“咸丰二年，拟撰新祠联，会寇事起，出襄戎幕未及写上。同治五年，由闽浙移督陕甘，治装之暇，作此付兄子征、子孝威，刊悬祠中以示族子弟。”此外，左宗棠亦多有挽联创作，其《挽林则徐》一联颇为人称道：

附公者不皆君子，间公者必是小人，忧国如家，二百余年遗直在；

庙堂倚之为长城，草野望之若时雨，出师未捷，八千里中大星沉。

彭玉麟（1816—1890），字雪琴，湖南衡阳人。官至兵部尚书，谥刚直，善画梅，有《彭刚直诗集》等。彭玉麟一生所作联语颇多，其撰写的名胜楹联境界阔大，工丽雅致，艺术价值颇高，如其

《题黄鹤楼联》：

我从千里而来，看江上梅花，直开到红羊劫后；
谁云一去不返，听楼中玉笛，又唤回黄鹤飞高。

李寿蓉（1825—1895），字篁仙，湖南长沙人，授户部主事，转江汉关道及芜湖道，是谭嗣同的岳父。李寿蓉善诗文，尤工联语，被称为清末湖南六大联家之一，有《天影庵联语》被卢述度收录于《六家联语合钞》。李寿蓉联语大气开张且不失醇雅之气，如其影响最大的《题长沙屈贾二公祠》，议论横生，新人耳目：

当年有痛哭流涕文章，问西京对策谁优，惟董江都后来居上；
今日是长治久安天下，喜南楚故庐无恙，与屈大夫终古相依。

2. 江南对联群体

江南是个特定的地理和人文概念，特指长江中下游地区，范围以苏南和浙北为主，也包括皖南和赣东北部分地区。江南为古吴越之地，明清以来更是中国传统文化的渊薮，文化积淀异常丰厚，对联文化也十分兴盛，从晚明到清代中期，徐渭、李渔、袁枚、梁同书、毕沅、孙星衍、阮元、齐彦槐等都是对联方面的名家里手。

进入近代，江南地区涌现出薛时雨、俞樾、陈钟祥、顾复初、顾文彬、翁同龢、吴汝纶、金武祥、徐琪、丁立诚、张謇、范当世、刘树屏、朱祖谋、江峰青、胡君复、罗振玉、蔡元培、章炳麟、方尔谦、张荣培、顾燮光、孙肇圻等一大批水平上乘的联家，如果说湖南对联群体的联作更多的偏向于理数和气势，那么江南对联群体的作品则更多偏向于意境和神韵；如果说湖南对联犹如一群突起的山峰，那么江南对联就可以说是一片整体崛起的高原，在总体分量上较湖湘对联有过之而无不及。

薛时雨（1818—1885），字慰农，晚号桑根老农，安徽全椒人，曾入李鸿章军幕，官至杭州知府，去官后主讲杭州崇文书院、江宁尊经书院等。有《藤香馆诗删存》《藤香馆词》等，对联集有《藤香馆小品》。薛时雨为晚清著名词家，其对联亦多呈词的风格，语言清雅，意境清新，尤以题名胜风景的联语最称擅场，如其《题南京玄武湖》：

三百年方策犹存，剩凫渚鸥汀，时有云烟入图画；
四十里昆明依旧，听菱歌渔唱，不须鼓角演楼船。

薛时雨联语的句式结构灵活多变，辞工意畅，体正格高，是清代对联创作中“联家本色语”的典型代表，文学价值很高。

图2-26　俞樾像

俞樾（1821—1907），号曲园，浙江德清人，官翰林院编修、河南学政，晚年讲学杭州诂经精舍。有《春在堂全书》二百五十卷。对联著述有《春在堂楹联录存》《曲园楹联录》等。

俞樾联语才学双兼，大气包举，格力雄健而又具清雅灵秀之致，在对联创作方面可以说是达到了随心所欲和炉火纯青的境界。俞樾为联善以诗句、词句和古文句式随意交错搭配，使人读来有回肠荡气之感。其纯以诗词句式为联时，工雅秾丽处不让薛时雨，而以古文句式随意挥洒时，又为后世辟出无数法门。俞樾最擅寿联与挽联创作，如其《自撰挽联》：

生无补乎时，死无损乎数，辛辛苦苦，著成五百卷书，流播四方，是亦足矣；

仰不愧于天，俯不怍于人，浩浩落落，历数八十年事，放怀一笑，吾其归乎。

江峰青（约1860—1933），字湘岚，安徽婺县人，清光绪进士，曾任浙江嘉善县令、江西审判厅丞。民国后曾任安徽省议会议员等。著有《江峰青四种》，楹联著述有《里居楹语录》《魏塘楹帖录存》等。

江峰青联语气骨雅正，辞采高华，如其《扬州二十四桥》：

胜地据淮南，看云影当空，与水平分秋一色；

扁舟过桥下，闻箫声何处，有人吹到月三更。

3. 福州对联群体

侯官县、闽县以及长乐县（今长乐市），历史上相互分合和更名很频繁，但同属今日福州市地界。或许是梁章钜和林则徐的影响，在福州近代史上，出现了一个侯官和闽县籍的对联创作研究群体，形成近代对联文化的一道奇观。福州近代对联名家有李彦章、连梅耦、林昌彝、林庆铨、沈葆桢、龚易图、陈宝琛、林纾、严复、郑孝胥、林葆恒、陈仲经等。

沈葆桢（1820—1879），福建侯官人，林则徐婿，曾任福建船政大臣，主办福州船政局；又任钦差大臣办理台湾等处海防，累官至两江总督。沈葆桢联语大气开张，立意鲜明，语言畅达，如其《题台湾郑成功祠》：

开万古得未曾有之奇，洪荒留此山川，作遗民世界；
极一生无可如何之遇，缺憾还诸天地，是创格完人。

龚易图（1835—1894），福建闽县人，咸丰进士，曾任济南知府，官至湖南布政使，有《乌石山房诗存》。龚易图联语典雅雄健，如其《题济南大明湖古历亭》：

李北海亦豪哉，杯酒相邀，顿教历下古亭，千年入诗人歌咏；
杜少陵已往矣，湖山如昨，试问济南过客，有谁继名士风流。

4. 近代部分对联文化大省

四川的对联文化可谓源远流长，孟昶最早在四川题写桃符偶句，明代杨慎便是四川新都人，并在四川留下过对联作品，清乾隆年间四川人李调元亦称作手。近代以来，四川又出现了钟云舫、万慎、刘师亮、林思进等联语名家。

钟云舫（1847—1911），名祖棻，自号铮铮居士，四川江津（今属重庆）人，秀才出身，居县城设馆授徒。工诗文词，尤擅楹联。因其《拟题江津城楼联》为古今第一长联，长达1612字，故有“长联圣手”之誉。有《振振堂文集》，对联有《振振堂联稿》四卷。

钟云舫工诗文词曲，但对联是他文学创作的主要形式，《振振堂联稿》收入他的对联作品1851副，他的作品几乎涵盖了对联文化的各个门类，达到了无事不用联的程度。其数量之多，题材之广泛，内容之丰富，在对联发展史上都是罕见的。钟云舫联语泼辣真率，淋漓痛快，给人以汪洋恣肆之感，因钟云舫擅长长联创作，故我们且选其212字的《题锦城江楼联》为例：

几层楼，独撑东面峰，统近水遥山，供张画谱，聚葱岭雪，散白河烟，烘丹景霞，染青衣雾，时而诗人吊古，时而猛士筹边，只可怜花蕊飘零，早埋了春闺宝镜，枇杷寂寞，空留着绿墅香坟，对此茫茫，百感交集，笑憨蝴蝶总贪迷醉梦乡中，试从绝顶高呼，问、问、问，这半江月谁家之物？

千年事，屡换西川局，尽鸿篇巨制，装演英雄，跃岗上龙，殒坡前凤，卧关下虎，鸣井底蛙，忽然铁马金戈，忽然银笙玉笛，倒不若长歌短赋，抛散些闲恨闲愁，曲槛回廊，消受得好风好雨，嗟予蹙蹙，四海无归，跳死猢狲终落在乾坤套里，且向危楼俯首，看、看、看，那一块云是我的天。

刘师亮（1876—1939），晚号谐庐，四川内江人。在成都经商，兼事写作。擅幽默对联，多抨击时政之作，被人誉称为“谐联大师”。有《时谚声律启蒙》《师亮谐稿》《师亮对联》。刘师亮联语风格可以从其《自挽联》而见一斑：

伤时有谐稿，讽世有随刊，借碧血作供献同胞，大呼寰宇人皆醒；

清宣无科名，民国无官吏，以白身而笑骂当局，纵死阴司鬼亦雄。

广东省在清代中叶出过一位擅长对联的“岭南第一才子”——宋湘，进入近代又出过一位广东的“谐联大王”——何淡如。在全国有影响的联家有丁日昌、李文田、黄遵宪、康有为、梁启超、叶恭绰等。

黄遵宪（1848—1905），字公度，号人境庐主人，今广东梅州人。光绪举人，历任驻日、美、英、新加坡参赞、总领事等。晚年提倡改革诗歌，有《人境庐诗草》。黄遵宪有题日本、新加坡等地楹联，颇有影响，“戊戌变法”失败后放归故里，有《题人境庐》数联为人称道，其一云：

有三分水，四分竹，添七分明月；
从五步楼，十步阁，望百步长江。

梁启超（1873—1929），号任公，广东新会人。光绪举人，康有为弟子。曾任长沙时务学堂总教习，戊戌变法后逃亡日本，后任北洋政府司法总长、财政总长，晚年在清华大学讲学。有《饮冰室合集》。梁启超精于集联，有集宋词联数百副，其《贺康有为七十寿》：

述先辈之立意，整百家之不齐，入此岁来年七十矣；
奉觞豆于国叟，致欢欣于春酒，亲授业者盖三千焉。

甘肃虽地处西北，但文脉较为深厚，对联文化氛围也很浓厚，早在清代中早期，就有陈长复《仁寿山房对联钞》，吴镇《松厓对联》等，开陇上对联之风气，到了近代，更有吴可读、哈锐、刘尔炘、慕寿祺、黄文中等对联大家横空出世。

吴可读（1812—1879），字柳堂，甘肃皋兰人，道光进士。官刑部主事及吏部主事。性颖悟，善诗文，著有《携雪堂对联》。吴可读有《甘肃创建举院联》二副，一为192字长联，另一副为：

广厦万千间，地转长安，文运从来关国运；
圣朝三百载，天生名相，将坛拜后又词坛。

刘尔炘（1864—1931），号五泉山人，甘肃皋兰人，光绪进士。官翰林院编修。有《果斋前集》《果斋续集》《果斋别集》，其子汇集刘尔炘对联250余副编为《刘尔炘楹联集》。刘尔炘每以近乎口语的白话入联，明白畅达，活泼流利，如其《拳石山房联》：

有时见天上浮云，在红树枝头，幻成苍狗；
何处觅人间乐事，向绿杨烟外，且听黄鹂。

由于明代的杨慎和担当在云南留下了不少的对联作品，所以云南的对联文化有着较深的积淀，清代早期的孙髯、钱沣、师範都以对联闻名，近代以来，云南的著名联家有赵藩、袁嘉穀、由云龙、蔡锷等。

赵藩（1851—1927），云南剑川人，字介庵，白族，光绪举人，官川南道按察使。晚年任云南省图书馆馆长。楹联著述有《介庵楹句集钞》《介庵楹句续编》《介庵楹句正续合钞》等。赵藩为联典雅庄重，理趣兼得，如其《题成都武侯祠联》：

能攻心则反侧自消，从古知兵非好战；
不审势即宽严皆误，后来治蜀要深思。

图2-27　赵藩题成都武侯祠联

贵州在晚清之前少有对联作者，近代以来，则有莫有芝、杨调元擅长集联，而刘韫良、向义则堪称联史大家。

刘韫良（1845—约1914），贵州贵阳人，同治进士，授云南恩安知县，旋被参革，自此断绝仕途，游历大江南北。著述甚丰，现存《壶隐斋联语类编》12卷，共收录联语2300余联，内容多为题咏贵州及各地的名胜、关河、古迹、祠宇等，兼有庆贺、酬赠和哀挽联语。刘韫良以抑塞磊落之才，所制联语神采轩昂，语言特色鲜明，如其《题岳阳楼联》：

一水白茫茫，醉邀吕祖同酣，樽前酒渴吞三楚；
数峰青了了，愁倩湘君共写，笔底诗狂撼九嶷。

除以上联家较为集中的省份外，在其他省区也有个别突出的作者，如山西的祁寯藻，河北的张之洞，湖北的樊增祥，山东的赵新儒等。此外，还有一个近代对联创作群体值得关注，这就是满族及旗人的对联创作，这方面较为著名的联家有麟庆、端方、成多禄、荣孟枚等。

5. 台湾对联

古代台湾对联史料相对较少，一般只是民俗实用和宗教祭祀楹联，进入近代以后，本土的文人对联创作逐渐兴起，涌现出以陈维英、丘逢甲为代表的一批台湾本土联家群。据《台湾先贤诗文集汇刊》所载，还有骆香林的《香林联语》、林义德的《黑石集》、洪能传的《华圃遗草·对联》等十余位联家的联集。

丘逢甲（1864—1912），台湾彰化人，光绪进士。官工部主事。主讲台湾衡文、罗山等书院。广东光复后任都督府教育司长。有《岭云海日楼诗钞》。其《题潮州韩山书院》：

凭栏望韩夫子祠，如此江山，已让前贤留姓氏；
把酒吊马将军庙，奈何天地，竟将残局付英雄。

1949年后，大陆来台的联家群体，把台湾对联文化迅速提升到了一个新的层次，这也可以说是民国对联文化在台湾的支脉，于右任、张佛千、张龄、成惕轩、伏嘉谟等人构成了这支对联文化余脉的几座高峰。

于右任（1879—1964），陕西三原人。光绪举人。赴日期间加入同盟会。1918年，担任陕西靖国军总司令。历任国民政府审计院院长、监察院院长。1949年去台湾，有《右任诗存》，今人辑有《于右任对联集锦》。其《青城山天师洞联》：

启草昧而兴，有四百兆儿孙，飞腾世界；

问龙跷何道，是五千年文化，翊卫神州。

成惕轩（1911—1989），字楚望，湖北阳新人。中央政治学校大学部毕业。任考试院参事。1949年去台湾。任台湾师范大学等校教授。有《楚望楼联语》。成惕轩联语偶对之精、声律之严、立意之高，可谓工绝，在民国后期至今的半个世纪间，堪称独步，兹举其《寿江教授絜生》一联为例：

斯人具南山隐豹之姿，学道拟黄石，工词似白石，能轻万户虎符，且类贯云石；

晚岁与东海闲鸥为侣，遭时异梅村，治生胜茶村，相祝百年麋寿，还过朱强村。

结　语

巧对是对联的一个有机组成部分，但却是低级而原始的组成部分，所以作为一种相对独立的文化传统，巧对悠久的历史并不能代表对联文体的历史。

从纪晓岚和梁章钜开始的一个主流观点，就是以桃符偶句的出现为标志，把对联史的开端锁定在五代末的孟昶“余庆长春”一联。但通过我们对桃符习俗演变过程的追索，我们可以发现北宋的可信的桃符偶句记录只有孟昶和苏轼两例，整个南宋150多年中，也不过十几例，到了元代和明初，桃符偶句更是进入了将近消亡的状态。一个原因，或许因为桃梗易得，但桃板难求，不可能做到户户门上挂桃板且要“岁旦更之”。另一个原因，可能春帖子偶句的兴起，取代了缺乏喜庆色彩的桃符载体，从两个字的宜春帖，到四言祝颂文辞的春书，再到宋代宫中五七言绝句的春端帖子，进入元代后，春帖偶句出现，蒲道源集中载录为元代宫禁所题春帖偶句达14副，可以看出独立使用的对偶句从桃符转移到春帖上的趋势，再经过明代中早期的缓慢演化，至1500年前后，材质由罗帛已经改为廉价易得的彩笺纸，形制也改为上下联分书于门楹的两侧，使用者也从上层社会普及到了全社会，虽然春帖的名称没变，但已经是全新的春联习俗了。春联一词产生后，也慢慢取代了春帖、门帖等称谓，同时对联的应用范围也极速扩大，各个门类的对联逐一产生，至此，一个新的文体形式——对联便正式诞生了。

对联文体产生后，除了民俗层面的普及外，主要的发展还是在文人对联方面，从晚明到清代中期，文人对联的创作日趋繁荣，晚清和民国初年更是达到了鼎盛和巅峰，名家名作不胜枚举，对联作为传统诗歌下的一个小门类，最终实现了“吟诗作对”并称，虽然有不少文人在整理个人诗文集时以“小道”为由淘汰掉对联，但还是有很多人把“联集”附于“诗集”和“词集”之后。

第三章　表情达意

文学的功能主要有抒情、写景、说理（议论）、叙事等，对联文体除因形制短小不适于叙事外，在抒情、写景和说理方面均不输于诗词等文体。本章分门别类列举名联佳作，以使读者对于对联在文学性方面所达到的高度有一个整体的了解和体悟。

第一节　写景状物

较早的描写名胜景观并在实地悬挂的对联，应该是杨慎题云南四川的个别联语，然后李开先写了不少山水园林的亭台楼阁联语，晚明乔应甲也有不少园林景物联。至清初，李渔撰有《默识名山胜概联》十余副，其小序中有“遍历名胜，非不自图缄默，其如技痒于中，搔之不得，卒有所云”之语，其实是开创了不为实际悬挂而单纯题咏景物的对联创作之历史。清代及民国，从名山大川到地方性的小景点，从皇家园林到私人园林，无不有大量的写景状物的对联点缀其中。

以下简单地按山岭联、江河联、湖泊联、关隘联、泉水联、桥梁联、台坛联、亭榭联、楼阁联、园林联等分类，各举数联为例，以见写景状物对联的文学性和艺术性。

一　山岭联

山岭联以描写山势雄奇为主，名山多有寺庙楼阁建筑，但即便是邻近悬挂的楹联，内容为写景或借景抒情的联语方是景观对联，若联中阐发宗教经义，则要归入宗教对联。对联分类既要看悬挂场合也要看内容。

佚名《题泰山南天门》：

门辟九霄，仰步三天胜迹；
阶崇万级，俯临千嶂奇观。

图3-1 泰山南天门联

李渔《题庐山绝顶》：

足下起祥云，到此者应带几分仙气；
眼前无俗障，坐定后宜生一点禅心。

二 江河联

描写河流的联语一般悬挂在河畔的建筑之上，兹选取数例。

伊秉绶《题焦山明月亭》：

月明如昼；
江流有声。

罗正纬《题南京秦淮河》：

挽棹泛银河，风带花香，秦淮旧是多骚客；
举杯邀明月，天浮水底，广寒无此好神仙。

三　湖泊联

中国的湖泊众多，名湖也星罗棋布，其中佳联妙对令人目不暇接。

刘凤诰《题济南大明湖》：

四面荷花三面柳；
一城山色半城湖。

彭玉麟《题南京莫愁湖》：

王者五百年，湖山具有英雄气；
春光二三月，莺花合是美人魂。

四　关隘联

雄关所悬楹联亦多雄豪之气，亦借以表达哲理者。

佚名《题潼关城楼》：

华岳三峰当槛立；
黄河九曲抱城来。

杨公石《题古蔺县雪山关》：

是南来第一雄关，只有天在上头，许壮士生还，将军夜渡；
作西蜀千年屏障，会当秋登绝顶，看滇池月小，黔岭云低。

此联今人多误为蔡锷或朱德撰，实为赤水分县知事杨公石所题。

五　泉水联

泉联多写泉水之清，亦有借以说理抒怀者。

江峰青《题扬州桃花泉》：

所谓伊人，旧雨时来今雨少；
有如此水，在山终比出山清。

左宗棠《题杭州冷泉亭》：

在山本清，泉自源头冷起；
入世皆幻，峰从天外飞来。

六　桥梁联

为桥梁题联，由来已久，明代杨慎曾有《叙永蓬莱桥联》，桥联的出现使得对联脱离“门”和“楹柱”的束缚被运用到更广泛的场合。

赵翼《题金鳌玉蛛桥》：

玉宇琼楼天上下；
方壶员峤水中央。

乾隆《题颐和园十七孔桥》：

虹卧石梁，岸引长风吹不断；
波回兰桨，影翻明月照还空。

七　台坛联

古人筑土为台，亦称为坛，台坛对联佳作颇多。

郑燮《题桐庐严子陵钓台》：

先生何许人，羲皇以上；
醉翁不在酒，山水之间。

何绍基《题苏公读书台》：

江上此台高，问坡颍而还，千载读书人几个；
蜀中游迹遍，看嘉峨并秀，扁舟载酒我重来。

八　亭榭联

天下亭榭不计其数，亭联和榭联亦难以胜数，佳联尤多。

江峰青《题北京陶然亭》：

果然城市有山林，除却故乡无此好；
难得酒杯浇块磊，酿成危局待谁支。

光绪年间钩深书院山长贺太朴《题涪陵碧云亭》：

看碧云亭新霁初开，一笑昂头，出寺钟声破空去；
问黄山谷旧游何处，几回骚首，隔江岚翠扑人来。

九　楼阁联

楼阁对联除最著名的《大观楼长联》外，四大名楼中的鹳雀楼毁于元代，其时并无对联文体，剩下的黄鹤楼、岳阳楼、滕王阁各有大量佳联。

宋荦《题黄鹤楼》：

何时黄鹤重来，且自把金樽，看洲渚千年芳草；
今日白云尚在，问谁吹玉笛，落江城五月梅花。

图3-2　黄鹤楼

宋荦《题滕王阁》：

依然极浦遥山，想见阁中帝子；
安得长风巨浪，送来江上才人。

十　园林联

中国古典园林可分为私家园林和皇家园林，楹联是其标准配置，楹联可以说是园中建筑的灵魂，有着画龙点睛的功效。

乾隆《题颐和园》：

群玉为峰，楼台移海上；
众香是国，花木秀人寰。

陶澍《题上海豫园》：

此即濠间，非我非鱼皆乐境；
恰来海上，在山在水有遗音。

描写景物的对联最初时都是要用来悬挂的，到了后来，有些对联超出了使用的数量而只停留在文本上，如乔应甲写《洗耳园对》达50多副；到了李渔为各处名胜题联时，基本上就摆脱了实用的目的；再到了清末刘蕴良时，他的《壶隐斋联语类编》载有2300多副贵州及各地景观联语，几乎每见一景必写对联，基本上就与创作诗歌一样，纯粹是为了描摹景物和抒发情感了。

第二节　抒情言志

一　自题联

多年以来人们对于对联文体有着一个深深的误解，那就是把对联与民俗实用做了过多的捆绑，以为除了口头巧对之外的所有对联，都是基于民俗和宗教实用以及名胜景点的实用而创作的，都是要写出来和挂出来的。其实这种认识是片面的，对联文体从其产生伊始，就存在着一类不为了实用，只是为了作者抒发感慨的作品，例如明代嘉靖年间李开先《中麓山人拙对》中就有上千副统一被称为《散对》的作品，这些联语只是作者为了抒发情怀而写作，与实用性并无半点关系。兹以李开先《散对》开头的一副为例：

为调弥高，由来白雪人难和；
告归甚勇，不羡青云宦早通。

这种倾向到了明代晚期的乔应甲的《半九亭集》中，就发展得更加鲜明，作者全书四千多副偶句，分为许多种内容，如醒世、写怀、适意、官箴、谨言、辽事等等，有些类似清言小品的章节，有些则似比较纯正的对联作品，我们兹举《写怀》部分的一副：

忠计回天，望阙每怀山甫衮；
矢心庐墓，瞻云长泣老莱衣。

此联上联表忠，下联说孝，这种情感的表达，使得他笔下的一副联，与一首绝句或一阕小词并无什么区别。

这类抒发作者个人情感、志向和人生感悟的联语，在后来清代及民国的很多对联作者中得到进一步发展，从曾国藩到钟云舫等人都有这类作品，当代对联史料整理者面对这一类作品，因为根本无法把它归入任何一种实用的对联种类之中，所以就创造了一个“题赠联”的名目，把写出来送人的称为“赠人联”，没有明确赠送对象的就叫“自题联”。

与命题作文式的实用联相比，自题联能够更加直接地表达作者思想感情，形制一般短小，所以也可以写出来挂于书房客厅等生活和工作场所。

自题联中有表现作者思想情操的，如陈继儒的《自题》：

天为补贫偏与健；
人因见懒误称高。

刘宗周的《自题》：

无欲常教心似水；

有言自觉气如霜。

有表现作者生活情趣的，如乌尔昆布的《自题》：

半日读书，半日静坐；
一亩种菜，一亩栽花。

涂晫的《自题》：

无富色，无贵色，无文章色，方成士品；
有书声，有机声，有小儿声，才是人家。

也有表现作者独特或傲岸的个性的，如夏丏尊的《自题》：

青山当户；
白眼看人。

徐振烈的《自题》：

仗义半从屠狗辈；
负心多是读书人。

二　赠人联

如刚才所说，与“自题联”并列的还有一种“赠人联”，赠人联也是以抒情为基调的，根据赠予人和受赠人之间的关系，分别表达出亲情、友情、同学情、同志情、师生情等。赠人联有一部分是书写出来并悬挂在受赠人生活环境中的，更多的赠人联如同诗词酬赠一样，只是停留在文本之上。最早的赠人联是杨慎在嘉靖年间于云南晋宁所撰《赠段承恩联》：

三简名巡，曾是中朝御史；
一时谢政，便为陆地神仙。

古人云："君子赠人以言。"进入清代和近代，文人之间相赠以对联形成了不小的风气，以王闿运《湘绮楼联语》为例，其"卷四·赠句"即收录赠人联79副，如其《赠李蘚青》：

清风朗月，不用一钱买；
流水高山，自有万里心。

下面以赠送人与受赠人身份的不同，约略举出数联为例：

有皇帝赐给大臣的赠人联，如康熙的《赐张英》：

白鸟忘机，看天外云舒云卷；
青山不老，任庭前花落花开。

有文臣之间酬赠的赠人联，如梁同书的《赠纪昀》：

万卷编成群玉府；
一生修到大罗天。

有武臣之间酬赠的赠人联，如曾国藩的《赠彭玉麟》：

烈士肝肠名士胆；
杀人手段济人心。

有文人与政治家之间酬赠的赠人联，如鲁迅的《赠瞿秋白》联：

人生得一知己足矣；
斯世当以同怀视之。

有老师送给弟子的赠人联，如齐彦槐的《赠女弟子张襄》：

几生修到梅花骨；
一代争传柳絮才。

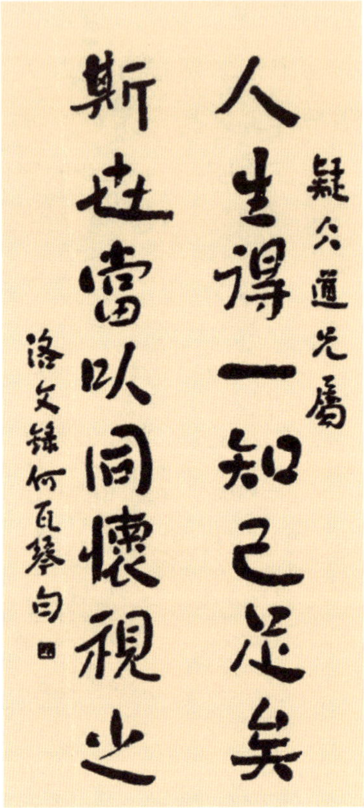

图3-3　鲁迅《赠瞿秋白》联

有夫妻之间酬赠的赠人联，如钱守璞的《赠夫张检骐》：

人生惟酒色机关，须百炼此身成铁汉；
世上有是非门户，要三缄其口学金人。

另外，双方相互酬赠的对联在很早就已出现，明代联家李开先同时也是著名的戏剧家，他与浪迹江湖的雪蓑道人苏洲关系较为亲密，于是两人相互酬赠对联，传为一段佳话：

苏洲的《赠李开先》：

年几七十歌犹壮；
曲有三千调转高。

李开先的《赠苏洲》：

静养为宜，终日直须穷要妙；
浪游何益，老年不必弄轻狂。

第三节 说理教化

对联文体短小精悍，言简意赅，十分适用于说理，而自古以来的格言警句，也经常使用对偶的修辞方式，两者的结合，就产生了大量说理类的对联，其功用就是为了传播为人之道、持家之道、治学之道、交友之道、为官之道等生活理念。

中华传统文化过度偏重于伦理道德的层面，只注重对人的精神、行为以及人与人之间关系的探讨，并不太关注宇宙自然之理。虽然儒家也有“格物”一说，但目的只在于用“物理”来作为人类行为准则的借鉴，所以很难产生系统的自然科学。这一倾向反映到说理对联的创作中，形成了说理对联多局限于探讨人生哲理的情况。

说理对联又称“格言联”，一般是作者自题或赠送友朋之用，并不属于民俗性的实用联。在民俗性的实用联中，也有一部分包含说理的内容，如书院对联多涉及治学或劝学，名人祠庙对联、衙署对联多有涉及为官或理政理念，但这些只是按照联语内容进行分类的广义上的说理对联。在我们目前的对联分类方式中，谐巧类对联是侧重于按照修辞方式来分，实用类联语是根据使用场合来分，文学类联语则是以表现的内容来分，所以狭义上的说理对联，只存在于自题、赠人以及一些杂咏类的对联中。

一 明代格言联

这类严格意义上的说理对联，最早可从李开先的《中麓山人拙对》中找到一部分，这本书大量的“散对”中，多为自抒胸臆的抒情对联，也有个别的纯粹写景的或纯粹说理的联作，说理对联如：

莫谓赤心新友好；
不如白发故交长。

诗到淡中才有味；
人须短处去求长。

到了乔应甲的《半九亭集》中，说理类的对联（或是类似对联的偶句）就占了很大的比重，该书除部分春联、家联、墓联和寺观祠庙联等民俗实用类对联外，其余各门类中都有一定数量的说理对联，如：

好高莫堕空虚境；
真乐须从苦涩来。

无术学仙，服石练形终属幻；
有方却老，清心寡欲可延年。

二　清代格言联

由明入清后，一些对联创作数量较多的联家，常以自题或赠人的形式创作说理对联，在这方面达到登峰造极境地的是曾国藩，曾国藩联语质朴淳厚，每每以说理胜，他的《求阙斋联语》分为“题楹”“赠句”“格言”“哀挽”四卷，其中“题楹”和“哀挽”属于民俗实用性质的联语，“赠句”以抒情性为主，而“格言”则是较为纯粹的说理类对联。曾国藩的格言联被广泛传诵的很多，如：

养活一团春意思；
撑起两根穷骨头。

战战兢兢，即生时不忘地狱；
坦坦荡荡，虽逆境亦畅天怀。

丈夫当死中图生，祸中求福；
古人有困而修德，穷而著书。

除了名家名联之外，古来社会上还有一些流传甚广但作者不详的格言联，内容广泛，思想深邃，语言精粹，可以说是中华传统价值观的高度概括，下面分类各举两联为例：

修身联：

静坐当思己过；
闲谈莫论人非。

不为物蔽斯称哲；
只体人情便是仁。

劝学联：
书到用时方恨少；
事非经过不知难。

学如逆水行舟，不进则退；
心似平原走马，易纵难收。

治家联：
最要莫若教子；
至乐无如读书。

天下无不是底父母；
世间最难得者弟兄。

交友联：
雅言诗书执礼；
益友直谅多闻。

言易招尤，对朋友少说几句；
书能益智，劝儿孙多读两行。

处世联：

世道每逢谦处好；
人伦常在忍中全。

传家有道唯存厚；
处世无奇但率真。

从政联：

勤能补拙；
俭可养廉。

廉不言贫，勤不言苦；
尊其所闻，行其所知。

结　语

文学性是对联金字塔的顶端，要说对联比肩诗词曲赋，可比的方面只有文学性。对联文体经过五百年间数十代人的创作实践，特别是文学大家们的探索和开拓，其表现手法上已经得到极大的拓展，在意境营造和语言风格上，也都极具中国传统文学的高度。对联是晚出的文体，有其形制短小和拘于对仗不易展开的劣势，但也有其一定的后发优势，可以采撷上千年诗词曲赋及古文中的精华，以最为简约的方式展现出来，斐然成章，粲然可观。

第四章　民俗实用

实用性是对联文体的一个基本属性，也是对联在经历了社会变革后仍可以顽强发展的生命力之所在。当一年中所有的喜庆节日都有对联的点缀，一个人的生老病死全有对联的陪伴，无数家庭的门楹厅堂间全有对联的辉映，百千行业中全有对联的烘托时，对联文化就已切入了社会文化和民族文化的最深层。如果说有汉语存在，诗词就不会消亡，那么有实用性作为依托的对联，更不会消亡。

第一节　四时八节

岁时节令，也称为岁时、岁事、时节、时令等，是人们在社会生活中约定俗成的一种集体性习俗活动。在节令的习俗活动中使用对偶句，是对联文体得以产生的社会文化外因，最早出现的对联——春联，即是一种最为典型的节令类对联。以红纸对称书写对偶句的春联习俗在明代中早期全面普及之后，其他节令慢慢也出现了使用对联的情况。最早与春联一并流行的是元宵节的灯联，之后应用渐广，就现存的传统联语来看，春夏秋冬四季、12个月份、二十四节气、各个农历节日等，都有相应的实用对联，而到了当代，各个公历节日和纪念日，也都有相应的实用对联作品。下面按时间顺序，逐一介绍之。

一　春联

明代中早期红纸春联的习俗得到普及之后，由于民俗实用的需要，就出现了大量普适性的通用春联，以方便千家万户的使用。与通用春联相对应的，也出现了适合于特定年份或特定人家的专用春联。

通用春联：以吉祥富丽的词汇表达迎春祈福之意，或是通过对新春景物的描写，来表达对新岁月的向往和对美好生活的憧憬。如：

天增岁月人增寿；
春满乾坤福满门。

专用春联：一般要表现出使用者的性格、修养、姓氏及职业等特点，一些有个性、有才情的文人，会把每年的春联当成其抒发感慨和展现性情的平台，嬉笑怒骂，皆成文章。如清末钟云舫自题春联：

几根穷骨头，撑起气运；
两个大眼孔，看倒乾坤。

图4-1　孟昶题桃符的春联

行业春联：体现出使用者职业特征的春联，如传统的农家春联：

五风十雨农家乐；
万紫千红大地春。

姓氏春联：切合使用者姓氏的春联，内容一般以夸耀本姓的历史名人为主，如徐姓人家春节时就可以题写这样的大门联：

人中骐骥；
天上麒麟。

上联指南朝时梁人徐勉，字修仁，孤贫好学，早励清节，时称为“人中骐骥，必致千里”，官至吏部尚书。下联指南朝时陈人徐陵，八岁能文，僧宝志曾摸徐陵头顶，曰：“此天上石麒麟也”。后官至通直散骑常侍。

生肖春联：是传统的“十二生肖文化”与春联文化结合的产物，十二生肖即以十二种常见动物与十二地支相匹配，形成“子鼠、丑牛、寅虎、卯兔、辰龙、巳蛇、午马、未羊、申猴、酉鸡、戌狗、亥猪”这样一个序列，然后依干支纪年法，每年对应一个生肖，以此循环不已。在某一生肖的春节，贴上以该生肖动物为主题的一副春联，会使人感到格外的贴切，同时还会使人感受到一种轻松愉快的气氛。如鸡年春联：

凤纪书元，人间改岁；
鸡声告旦，天下皆春。

干支春联：是依照干支纪年法，把每年干支的两个字嵌入联语之中所形成的春联。干支春联始于清代，民国初年较为盛行。民国初年吴恭亨《对联话·杂缀》载：

丁未岁首，门人胡季庵盛汶撰春联云：“丁此时艰须努力；

未应国事竟灰心。”嵌字毫无痕迹，此由才大。

二　元宵联

除了春联之外，元宵联可以说是节令对联中应用最多、产生最早的品种。元宵节又称灯节，形成于汉代，唐宋以后发展为春节后的又一盛大民俗节日。元朝初刘埙《隐居通议》中《扬州上元灯诗》记载了南宋时期用于灯门的偶句：

> 贾似道镇维扬日，上元张灯，客有摘古句作灯门诗者，曰：“天下三分明月夜，扬州十里小红楼。”众称其切。

这是最早见诸记载的元宵节对联，文中称为“灯门诗”，与桃符偶句称“桃符诗”相类，但无法考证“灯门诗”书写在什么材质上，是否对称书写并悬挂于灯门的两侧。

明代红纸春联习俗产生并普及后，元宵联的习俗也几乎同时形成，李开先的《中麓山人拙对》中有7副以《赏灯》为题的对联，其中七言联6副，另一副为十一言联，有作者自注“专为黄河灯作”，联文为：

照耀无方，百枝红炬明如昼；
周游有序，九曲黄河试探春。

与灯节内容相关的还有乔应甲《半九亭集》“杂咏”中的一联：

佳节上元，笙歌盈耳人争闹；

金吾弛禁，灯火薰天夜不寒。

明代万历年间出版的日用类书《新刻天如张先生精选石渠万宝全书》中，在“新春联”类的20副对联之后，紧接着就是“元宵联”16副，这应该是确定无疑的民俗实用的灯联，也表明元宵联作为一种重要的民俗实用节令对联，已经取得了与春联并驾齐驱的地位。之后，很多的民俗实用类对联集，在“春联”的门类之后，都会有“元宵联”“灯联”或“灯棚联”的分类。

民间的灯联习俗后来影响到了皇宫，而皇宫中的灯联传统又极大地推动了民间的灯联习俗。据现存历史档案来看，明清两代的紫禁城里，每年春节到元宵都有灯联的出现。清乾隆四十九年（1784），乾隆皇帝在《元宵乾清宫家宴即事成什》一诗的注解中说：“每岁十二月廿四日，乾清宫丹陛左右设金龙柱二，各悬绣金字万寿宝联十六幅，联句工丽，字画端楷，仍系前明时旧制。”“万寿灯联传自前明，我朝因仍旧制，藉存殷鉴，益凛然于敬天勤民之义耳。”按照宫中惯例，每年的腊月二十四，在皇帝处理日常政务的乾清宫丹陛上，左右分别竖立二座万寿灯，灯左右共悬灯联16副。这16副灯联系明代翰臣所撰，但作者已不可考，明代宫廷何时开始竖灯和悬联，也已同样不可考。然整个清代始终，每年均依明代规矩在乾清宫竖灯和悬联。清代《国朝宫史》卷八载有这16副灯联的全文，每副联上下联各20字，风格气象完全当得起乾隆“联句工丽”的点评，如左侧正西联：

宫中圣诞，天上元宵，皓月映星联，阊阖辉煌遍斗炳；
岁首春阳，人间佳节，晴霞连日丽，衣冠拜舞觐龙颜。

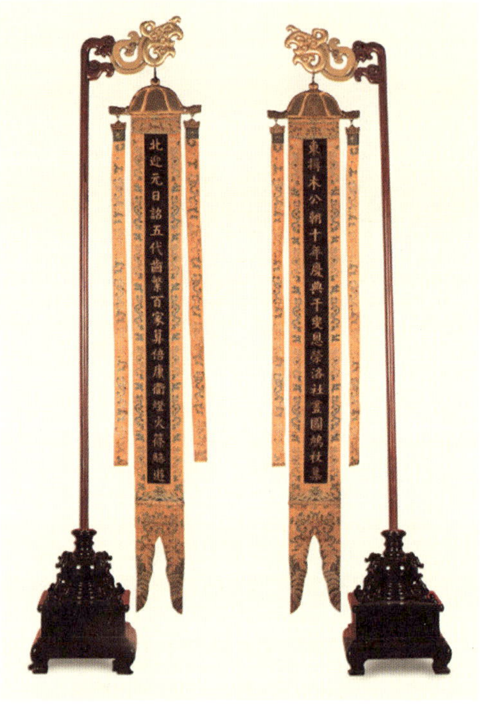

图4-2　灯联实物

在乾清宫按明代宫廷惯例竖灯和悬灯联的同时，乾隆皇帝于1786年下令在他为自己退位后居住的宁寿宫皇极殿前也竖立万寿灯两座，“敕翰臣撰进皇极殿灯联”，16副灯联的撰写任务由彭元瑞独自担任，他巧运心思，每联的首字嵌以该联的悬挂方位，如“南前”“西右”等，而在内容上又全面歌颂了乾隆当政50年来的“伟绩丰功”，所以联文多次被乾隆皇帝大加赞赏。彭元瑞所撰16副联，载于《国朝宫史续编》卷四十七，同时又为梁章钜《楹联丛话·卷二·应制》收录。值得一提的是，其中两副灯联的实物于2005年6月16日，在天津国际拍卖有限公司以374万元成交，此文物系由西欧回流中国。

该灯联为实地纱彩绣，上罩明黄方孔纱，周边于明黄色纱地，绣出五彩花纹，有海水、祥云、行龙、火珠等图案组成。中心石青色纱地，平金绣出联文。上端为海水、行云、团龙图案，下端做成燕尾状，绣海水双龙戏珠图案。联文分别为“左八联”中的“东北”联，和“右八联”中的“西右”联：

东揖木公朝，十年庆典，千叟恩荣，洛社画图鸠杖集；

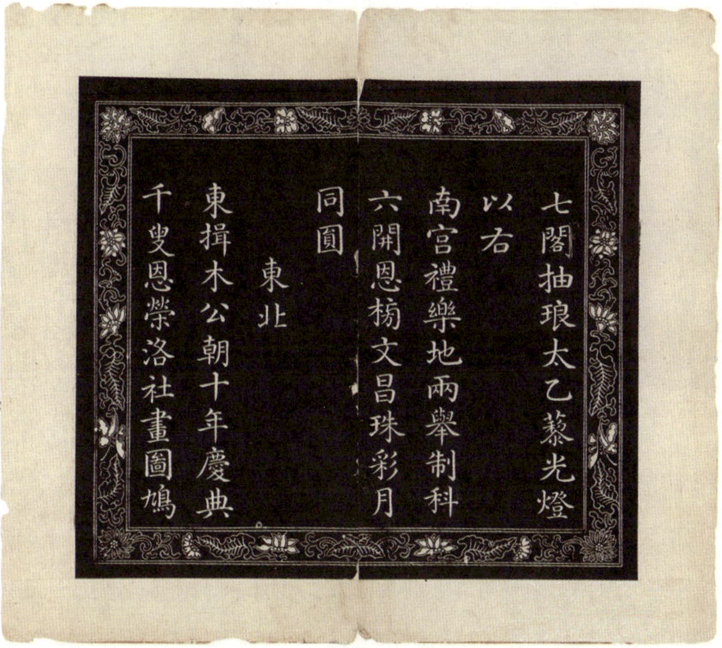

图4-3　皇极殿灯联，后由翰林院庶吉士董诰奉旨敬书，摹刻上石。此为东北联的拓片

北迎元日诏，五代齿繁，百家算倍，康衢灯火筱骖游。

西叙溯成功，振以特磬，声以镈钟，节序新词卑火树；
右文兕鸣盛，风有干城，雅有髦士，科名旧事压灯球。

民间元宵灯联一般挂在为灯节专门扎制的彩门之上，有的也题写在花灯上。现当代的元宵节民俗中，赏灯仍然是一项重要内容，但一般不再有彩门，花灯的式样也趋于复杂，灯上也不再题写灯联，所以元宵联的实用性已经日渐式微。不过，在个别地方，元宵灯联的民俗传统也得到了一定的恢复，甘肃舟曲的楹联松棚灯会就是一个最为典型的例子。

图4-4　甘肃舟曲的传统松棚楹联灯会

舟曲县地处甘肃南部，明代晚期开始形成元宵节楹联灯会的传统，一直待续到20世纪40年代末。自正月初八开始，县城临街的每家每户都要制作题写有对联的灯箱，悬挂于松棚之上，花灯五彩缤纷，对联争奇斗艳，成为人气极旺的盛大民俗活动。楹联灯会在20世纪80年代初得到恢复，每次举办题写对联的彩灯可达800多对，每个灯均为三面题联，故每年的灯联数量可达2400余副，成为闻名西北的特色民俗活动，也是当地一项主要的文化品牌。

三、季节联

现存实用对联史料中，有春夏秋冬四季联，而每个季节又被分为孟、仲、季三个时段，这使得季节联的种类达到16种以上，不过这些对联的使用方式和场合还不太明晰，可能只供对于对联有特殊爱好的人群使用。下面简单举几个例子：

金谷歌莺，玳梁巢燕；
红泥牝犊，碧树呼鸠。

——春季联

绿竹停云，红梅绽雨；
丹鱼映水，黄雀迎风。

——夏季联

璧月当空，蟾蜍低映；
罗云向夕，乌鹊南飞。

——秋季联

书读三余，学勤董遇；
祭遵八蜡，礼溯伊耆。

——冬季联

四　月份联

传统对联资料中又有不少按月份排列的对联，每年12个月加上闰月共13类。举例说明如下：

三月光阴槐火换；
二分消息杏花知。

——三月联

钱浮莲沼形犹小；
日映花砖影最长。

——六月联

凤岭苍烟冷；
龙山白日悠。

——九月联

葭灰吹北陆；
梅萼透南枝。

——十二月联

五　节气联

二十四节气是中国农历重要的时间节点，与之相对应的，便有了24种节气对联。举例说明如下：

月动游尘，风消积雪；
寒收北陆，气转东郊。

——立春联

樱笋厨开，春光饯别；
荼蘼香送，花事阑珊。

——立夏联

桐叶飞时，桂花香候；
蝉声疏处，雁影来初。

——立秋联

报道秋归，朔风未劲；
休言春小，阳气先回。

——立冬联

六　农历节日联

所有农历的传统民俗节日，都有其相应的实用对联作品，因为元宵联已经单独列出，兹举端午节、乞巧节、中秋节和重阳节为例：

艾叶如旗招百福；
菖蒲似剑斩千妖。

——端午节联

图4–5　《光明日报》刊出的清明节联

天街夜永双星会；

云汉秋高半月明。

——乞巧节联

三五良宵开玉宇；

大千世界涌冰轮。

——中秋节联

何处题糕酬锦句；

有人送酒对黄花。

——重阳节联

七　公历节日联

民国以后实行公历纪年，特别是新中国成立后，设定了不少的法定公历节日，由于这类节庆的需要，因此出现了相应的时令对联，下面仅举两例：

顶起半边天，治国安邦，巾帼何曾输气概；
放飞千里梦，兴家立业，红妆依旧领风流。

——三八妇女节联

一园新蕾逢甘雨，百花吐艳；
千顷幼苗沐惠风，万木争荣。

——六一儿童节联

第二节　千行百业

行业对联是对联文化与传统手工业、商业及近代工业相结合的产物。狭义的行业对联，原指市井工商业店铺在开张、年节或庆典时，所张贴成悬挂的反映本行业乃至本店特点的对联，慢慢演化为宣传招牌式的联板，四季悬挂于店门或店内。随着现代社会分工的细化以及行业对联在当代的进一步发展，现代意义上广义的行业对联，已经成为全面反映社会产业分工的庞大家族，从这一角度回顾对联史，原来并不属于行业对联范畴的古代衙署、会馆、书院、戏台等类的联语，也都被纳入了这一体系之中。

李开先《中麓山人拙对》中有几副医药方面的行业对联，如：

药　室

投闲大展眉间锁；

却病全凭肘后经。

善人不怕三尸说；

智者能调五脏和。

这应该是最早的医药行业对联。到了万历时期民间的日用类书中，就大量出现各类行业联语，如《四民利观翰府锦囊》中就有“察院联”“黄堂联”“书铺联”“酒馆联”“医士联”“星士联”“相士联”“坐贾联”“客商联”等行业对联分类。入清后，行业对联的分类更加繁复，如刊印于清乾隆三十九年（1775）的黄云敷著的《对联玉露》一书，除了有总督、巡抚、知府、知县等衙署联外，还包含了笔店、书店、纸店、茶店、酒店、熟食店、烟店、香店、人参店、扇店、绸缎等约60余种店铺的联语。刊印于清光绪三十二年（1906）的钟云舫著的《振振堂联稿》，包含有客栈、茶社、饮食馆、烤房、绸缎、剃头铺、糖房、面房、铁匠、木匠、炭厂、柴厂、油房、灯笼铺、鞋铺等160余种市井行业用联。

晚清以降，随着中国从小农经济社会向近代工商业社会逐渐转变，社会分工不再是士、农、工、商的简单模式，而是愈来愈精细和繁复。基于这种社会变革，从晚清到民国这一时期，也是行业楹联迅速丰富和发展的阶段，从现代对联分类的角度来说，行业楹联的内涵已不再局限于狭义的手工业和商业服务业用联，广义的行业楹联包含了现代社会各种行业，用最新的术语来概括，行业联是包括了第一、第二和第三产业的社会所有行业和部门的实用楹联。下面我们结合行业对联的实际，按照行政机构、公共事业、文化、教育、商业、服务业、工矿企业和农林牧渔八个分类，分别举例介绍。

一　行政机构类

明代李开先《中麓山人拙对》的“自序”中，记载了明代中期的几副衙署对联，这些应该都是作者原创的对联作品：

李崆峒《题河南藩司》云："依河洛而拱嵩行，人物钟山川之秀；枕崤函而负伊阙，风气当天地之中。"……骆龙仙在南海作县："南斗以南观北斗；后天之后见先天。"陆少石提学山东："牢落传经，教及三千未化；蹉跎学道，年今四十无闻。"王凤泉左迁滨州："天下雄图惟海岱；古来循吏有龚黄。"

自此之后，逐渐形成新任官员为官衙题写门联的风气，内容或为宣示官员的为官理念，或告诫民众安分守法，兼有"施政纲领"和"安民告示"的功用。如李贽于万历五年（1577）出任云南姚安知府时，曾在衙署楹联柱上题写了两副对联：

从故乡而来，两地疮痍同满目；
当兵事之后，万家疾苦早关心。

听政有余闲，不妨甓运陶斋，花栽潘县；
做官无别物，只此一庭明月，两袖清风。

入清以后，这种衙署对联更成为每一个官衙的标准配置，如浙江人高以永于康熙十八年（1679）调任河南内乡县令时，便在县衙内悬挂出这样一副长联：

得一官不荣，失一官不辱，勿道一官无用，地方全靠一官；
穿百姓之衣，吃百姓之饭，莫以百姓可欺，自己也是百姓。

此联深刻揭示了"官"与"民"的辩证关系。上联是说要不计

图4-6　河南内乡县衙楹联

荣辱得失，而要奋发图强，锐意进取，勤政为民，造福一方；下联是说既然老百姓是自己的衣食父母，就不能忘本，自己也是一介平民，决不能高高在上，欺压百姓。上下联两层意思各有侧重，而实质就是告诫官员要善待百姓、为民造福。

清咸丰十年（1860），曾国藩出任两江总督时，便在南京的两江总督府大堂悬挂出一副对联：

虽贤哲难免过差，愿诸君谠论忠言，常攻吾短；
凡堂属略同师弟，使寮友行修名立，方尽我心。

联意为：纵是圣人也难免会有过错，希望各位能以正直的言语，经常批评我的短处；凡是同事下属，也如同师兄弟一样，使同事朋友之间，言行得到修正，声名得以确立，才遂了我心。

更高的行政机关同样有衙署对联悬挂，如清末北京的总理各国事务衙门大堂的对联：

帝泽如春，正寰海波澄，瀛洲日丽；
太平有象，喜灵台伯偃，王会图成。

民国后，此类衙署对联迅速更新，于是从中央一级的总统府、立法院、行政院、司法院、监察院、考试院以及内政、外交、司法、教育、财政、实业、农商、军政等部的各类对联，地方行政机构如各督军府、镇守使署及民政、财政、建设、教育等厅，县级各类机关和部门以至乡公所等，都出现了相应的通用对联。兹以民国外交部对联为例：

万国早通商，愿申旧好，相保护，相维持，勿伤中外谊；
五洲大和会，敢告行人，须忠信，须笃敬，毋贻华夏羞。

二　公共事业类

公共事业是以实现公众整体利益为目的，直接提供公共产品和公共服务或协调各个方面利益关系的非营利性的组织、部门和公共企业所做的事业的总称。我们一般把金融、交通、邮政、电信、医疗以及水电气等部门归于公共事业行业，此外，该行业还包括各类社会救济和保障机构，如养老院、育婴堂、救生队、消防队等机构。兹分述如下：

1. 钱庄和票号，是银行业在古代的雏形，这些店面都有着专用的行业联。

钱庄通用联：

内方外圆，体用俱备；
川流山积，动静有时。

票号通用联：

天下通行凭一纸；
国中汇兑利千金。

近代以来，银行和储蓄所，典当、保险、证券等行业也有专用楹联。

2. 交通业的楹联也有很多。

张謇题南通汽车行联：

仁者不以人为力；
列子乃御风而行。

钟云舫题船运业联：

沧海风高程九万；
银涛雪拥浪三千。

3. 邮政业源于古代的邮驿和明初的民信局，至清末的1896年方成立邮政官局。中国的电信业始于1880年开办官办的电报总局和1882年大北电报公司在上海设立的电话交换所。

邮政局通用联：

千里春风劳驿使；
三秋芳讯寄邮人。

电话局通用联：

只用耳提，何须面命；
吾闻其语，未见斯人。

4. 医药对联古来甚多，近世医院兴起后，也都有相应的行业联。程道周自题医馆联：

但愿人皆健；
何妨我独贫。

药铺通用联：

橘井泉香，杏林春暖；
芝田露润，蓬岛花浓。

5. 会馆，是明清时期由同乡或同业组成一种互助性机构，早期

图4-7 山东聊城山陕会馆楹联

一般开设在北京，为进京赶考的举子提供住宿，后来更多地演变为行业性的组织。历史上流传下来的会馆楹联数量较多，一般以描写故乡景色和著名人物为主，兼叙桑梓情谊。

曾国藩题南京湖南会馆联：

地仍虎踞龙蟠，洗涤江山，重开宾馆；
人似澧兰沅芷，招邀贤俊，同话乡关。

6. 中国自古以来便有一些社会救济机构，近代以来渐趋完善，这些机构也都有相应的楹联。

朱彝尊题施粥厂联：

同是肚皮，饱者不知饥者苦；
一般面目，得时休笑失时人。

樊榕题河北省保定育婴堂联：

说什么格外慈悲，痛痒要从心上过；
权当作自家儿女，呼号都到耳边来。

张白也题安庆救生局联：

中流沉溺始求援，何如走顺风时、帆休扯足；
近水楼台同仰望，切莫立高岸上、漫不关心。

三　教育类

教育机构所用楹联，最早是私塾、官学及书院的楹联，清末新式学堂及各类学校兴起后，相应的行业联也随之出现。

图4-8　东林书院依庸堂楹联

古代书院的兴起，南宋的朱熹厥功至伟，所以后世流传有不少朱熹题书院楹联，但多为后人附会，真正可信的极少。书院联至明代开始兴盛，如著名的无锡东林书院联：

顾宪成题东林书院联：

风声雨声读书声，声声入耳；
家事国事天下事，事事关心。

清代是书院楹联的鼎盛时期，许多联史名家都有题写书院的名联，如：

阮元题广州学海堂联：

公羊传经，司马记史；
白虎德论，雕龙文心。

1901年，清廷颁布“兴学诏”，将各地书院改为推行西式教育的新式学堂，之后，各种新式学校大量涌现，新旧变更之际，学堂楹联的内容也随之变化，从中可以看出国人观念缓慢更新的轨迹，先举贵州省的一副学堂联。

刘韫良（1845—约1914）题新学堂联：

泥古谓之鄙儒，何况电化声光，悉昉自周秦诸子；
识时乃为俊杰，如欲修齐平治，还须用孔孟遗书。

再举几例各类学校的著名楹联。

张百熙题北京京师大学堂联：

学者当以天下国家为己任；
我能拔尔抑塞磊落之奇才。

张謇题南通师范学堂联：

求于五洲，合智育体育；
愿为诸子，得经师人师。

孙中山题黄埔军校大门联：

升官发财，请往他处；
贪生怕死，勿入斯门。

四　文化艺术类

各类文化艺术团体机构以及表演场所用联，历史悠久，如明代中期就有李开先题谜社联：

脱壳离形，泄露古今隐语；
剪冰裁雪，包罗天地玄机。

因为明清的戏剧比较发达，演出的戏台多用楹联装饰，所以流传下来的古代戏台联数量甚多。明清戏剧家也多精通楹联，如：

徐渭题戏文台联：

假笑啼中真面目；
新歌舞里旧衣冠。

李渔题歌台联：

休萦俗事催霜鬓；
且制新歌付雪儿。

后世的戏台楹联，风格上一般以轻快活泼为主，或说出深刻的哲理，或追求诙谐的趣味，如：

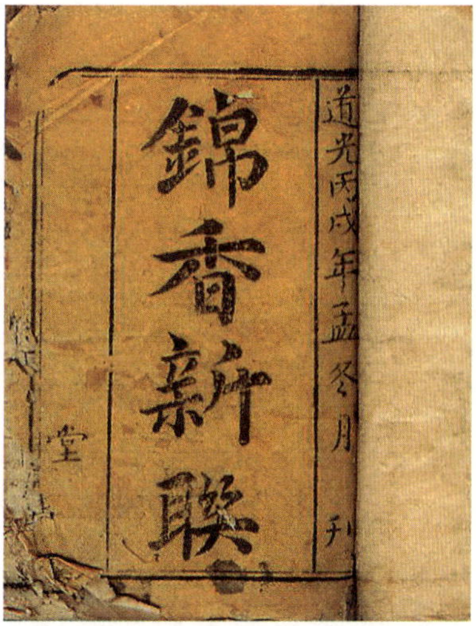

图4-9　清代民间实用联集《锦香新联》书影

吴立甫题戏台联：

凡事莫当前，看戏何如听戏好；
为人须顾后，上台终有下台时。

薛时雨题戏台联：

休羡他快意登场，也须夙世根基，才博得屠狗封侯，烂羊作尉；
姑借尔寓言醒俗，一任当前炫赫，总不过草头富贵，花面逢迎。

与戏台联相类似的，还有其他曲艺品种的表演场所，如：
蔡啸府题上海小桃源书场：

顾曲倩周郎，最宜茗战当歌，莫负客游黄歇浦；
同津来渔父，且喜花多解语，却疑人到武陵源。

袁行泰题木偶戏剧场联：

脚色莫说不高，挽牵在幕中，教动左脚何敢使右脚；
人才休嫌太小，抬举出台上，无谓今人必难及古人。

除了这类文艺表演类的楹联，地位更为重要的还有一些社会文化机构的楹联，如图书馆、博物馆以及新闻出版类机构，兹举数例：

孟森题江苏常州图书馆联：

庋藏不富已连甍，公有胜私储，还借何须一瓻酒？

方策犹存知望郡，新钞完旧帙，流传敢负百年心。

佚名题山西博物馆联：

处万国竞争世界，博古尤贵通今，搜索遍遐陬，直同亲历全球，亚雨欧风咸栉沐；

萃千秋作述精华，物理无非道妙，文明开广厦，偶幸来游福地，贤关圣域即琅环。

胡君复题上海商务印书馆联：

昔晚唐建安余氏肇启书林，世界阅千余岁矣，其后三峰万卷，同时梅溪秀岩，文采风流，我思古人，聊从公等纂坊肆雅闻，征缥缃掌故；

自北宋布衣毕昇始为活版，变迁可一二数耶，近稽兰雪桂坡，上溯石经漆简，棣通演进，以有今日，何况此间称水陆形胜，擅东南管枢。

图4-10　民国《最新适用商号嵌字应用新楹联》书影

五　商业类

商业是以货币为媒介进行交换从而实现商品流通的经济活动，明清时代商业类的楹联，主要为食品、衣物以及日常用品和文化用品几种，民国后，品类更加繁盛，条目也分得更加细致。

1. 食品类的商店名目繁多，五谷杂粮、瓜果蔬菜、山珍海味、副食调味，等等。

粮食店联：

谷乃国之宝；
民以食为天。

肉食店联：

宰天下有如此肉；
治大国若烹小鲜。

2. 衣物类的商店分为布匹、针线、服装、鞋帽和饰品等，兹以清末钟云舫的两副联语为例。

钟云舫题丝绸店联：

花样翻新，妆演文明世界；
机杼出色，竞争锦绣前程。

钟云舫题裘皮店：

天气不妨多雨雪；
人心原本爱皮毛。

3. 日用商品及百货各类数不胜数，兹以眼镜店、镜子店为例。眼镜店联：

好句不妨灯下草；
高年能辨雾中花。

镜子店联：

秋水为神，寒冰作骨；
春风识面，明月前身。

4. 文化用品类商店一般以文房四宝、碑帖古玩为主。

文房四宝店联：

玉露磨来浓雾起；
银笺染处淡云生。

古玩店联：

满座鼎彝罗秦汉；
一堂图画灿烟霞。

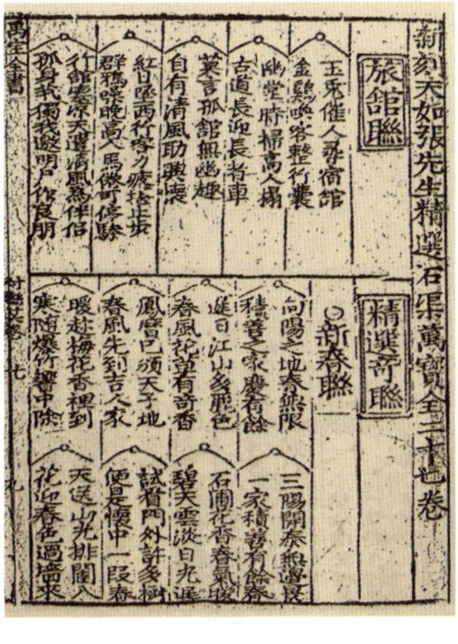
新刻天如張先生精選石渠萬寶全書三十七卷
旅館聯
金雞喚客整行囊
古道長迎長者車
莫言孤館無幽趣
自有清風助興懷
孤身我獨我邀明月作良朋
精選奇聯
新春聯
向陽之地春無限
積善之家慶有餘
遊目江山多勝色
春風花草有奇香
春風先到吉人家
暖趁梅花香裡到
寒隨爆竹響中除
一家積善有餘春
石闌花香春氣暖
試看門外許多樹
便是懷中一段春
天送山光排闥入
花迎春色過牆來

图4-11　明万历年间《万宝全书》中的旅馆联

六　服务业类

服务业，指利用设备、工具、场所、信息或技能为社会提供服务的行业，包括旅馆、餐饮等，因为传统手工作坊也较多地存在着服务业的特征，所以这里也把传统手工业包括在内。这类住宿餐饮方面的行业联出现较早，明万历年间《新刻人瑞堂订补全书备考》中就有“旅馆联”和“酒馆联”各7副。

旧时旅店旅馆门前多有楹联装饰，以示迎客之意，如旅馆通用联：

风雨送劳人，特为筑室道旁，聊避劳人风雨；
光阴如过客，快去作羹厨下，莫延过客光阴。

市井常见的服务业还有澡堂、照相馆、理发店和缝纫铺等。

澡堂通用联：

洗涤堪昭君子度；
清修可比古人风。

照相馆通用联：

还我庐山真面目；
爱他秋水旧丰神。

理发店通用联：

不教白发催人老；
更喜春风满面生。

缝纫铺通用联：

愿将天上云霞服；
换作人间锦绣衣。

餐饮业的行业联分类较细，兹举茶楼、酒楼两联：
戴恕行题上海青莲阁茶楼联：

平章雪碗冰瓯，待招太白楼头，明月清风作俦侣；
大半烟鬟雾鬓，却让樵青林下，美人名士共神仙。

江鹤琴题广州文缘酒家联：

得世外清凉境界，正好谈诗，况当荷露新烹，竹泉初热；
浇胸中块垒闲愁，有何下酒，好把寒梅细嚼，秋菊狂餐。

市井中各类作坊店铺尚有许多，兹再举三例：
弹棉花店联：

三尺冰弦弹夜月。
一天飞絮舞春风。

铁匠铺联：

一派薪传归锻炼；
十分火候见精华。

木匠铺联：

佳木由来堪作器；
良工自古不遗材。

七　工矿企业类

各工业门类中，纺织业自古较为发达，相应地就产生了各类纺织作坊的联语，如江苏常州邓濂题纺纱厂联：

衣被遍寰中，何人巧试玲珑手；
机关妙天下，此地能开顷刻花。

建材业和冶炼制造业的联语，也可举钟云舫的两副联为例：

钟云舫题瓦厂联：

半圭合处鸳鸯冷；
百尺飞来燕雀高。

钟云舫题冰铁制器作坊联：

面挟冰霜，不受磨砻都雪亮；
身先锻炼，岂从炉火借风光。

能源行业的联语，兹举石油业和煤炭业为例：

石油业联：

源出自山，取用无竭；
色清如水，提炼乃精。

煤炭业联：

气化云烟，功归陶冶；
坚同铁石，利及舟车。

行业对联除了以上七大类外，尚有号称第一产业的农林牧渔等行业，但因为这属于基础的产业，不是传统意义上有作坊和门户的狭义的“行业”，所以这方面的行业楹联极少，近世一般只是在这些人家的春联中体现出其行业特点，以行业春联的形式一年一度张贴出来。

第三节　喜庆哀挽

如前所述，对联这一文体起源于春节时装点门户的民俗习惯，从最初桃符的辟邪功能，最终落到了春联的迎春祈福功能上，也就是说对联是为了增加节日的喜庆气氛而诞生的，所以，在春联习俗正式诞生后不久，自然而然地就被移植到其他的喜庆场合，于是就逐渐出现了贺寿联、贺婚联、贺生育联、贺乔迁联、贺升学联等喜庆对联的习俗。

一　贺寿联

李开先《中麓山人拙对》载有他在1561年时写的《五十九岁自寿联》：

静观道德真经，手注五千非一日；
难满诗文积债，眼看六十欲临年。

这是目前可见的最早的“寿联”。之后的几十年间，贺庆对联迅速形成了一种社会习俗。明万历年间（1573—1620）的许多民间日用类书中，如《新锲全补天下四民利用便观五车拔锦》《新版全补天下便用文林妙锦万宝全书》等，都有“庆寿联”和“寿官联”两个章节，一般各收十余副上下，这表明当时送寿联的对象，一是为亲友中的长者，二是为地方官员。

各书中出现最多的“庆寿联”，如：

蟠桃开日三千岁；
古柏参天四十围。

入清之后，寿联之风更盛，明末清初的李渔在其《笠翁一家言文集》的“联”部分，收录有他给别人贺寿的联语17副，从四十寿到九十寿，篇篇切人切事，十分工整。比较有代表性的如《寿朱建三》一联，朱建三“生于七月七日，所居之里名百花巷”，联云：

七夕是生辰，喜功名事业从心，处处带来天上巧；
百花为寿域，羡玉树芝兰绕膝，人人占却眼前春。

康熙五十二年（1713）的康熙六十大寿和乾隆五十五年的乾隆八十大寿，把寿联推上了一个前所未有的高峰。如康熙六十大寿时，从紫禁城经西直门到西苑的约40华里的路上，搭了大量的过街牌楼和祈寿的坛宇，上面都挂有巨幅寿联，“闻皆出当时名公硕彦之手”。如慈献寺前牌坊的寿联为：

十雨五风，处处康衢歌帝力；
千秋万岁，年年华渚耀神光。

图4-12　清代《万寿盛典图》中的康熙六十寿彩棚联

由于皇家的倡导，在朝廷重臣乃至一般官吏间，更是掀起了寿联的热潮，《楹联丛话》卷九《佳话》中载：“溧阳史文靖公（贻直）七十寿辰，献联者充门。”又载：“梁山舟学士最工为寿联，得之者无不乐其雅切。”

清代中晚期直至民国，寿联文化一直处于兴盛状态，社会各阶层有一定身份的人，都会把过寿当成人生大事，而寿联在寿庆仪式中又是必不可少的元素，有些重要的寿礼还会搞得特别隆重，如1893年2月3日李鸿章在天津直隶总督府庆贺其七十寿诞，为清代历史上少有的一次祝寿庆典，规模之大，规格之高，都创下了清朝之最。寿庆中最为显眼的礼物是慈禧太后和光绪皇帝分别为李鸿章亲笔题写的匾额对联、福寿题字、御笔蟠桃画等。慈禧太后所送“调鼎凝禧”匾额一块，寿联为：

栋梁华夏资良辅；
带砺河山锡大年。

光绪皇帝所送为“钧衡笃祜”匾额一面，寿联为：

圭卣恩荣方召望；
鼎钟勋贯富文年。

二　贺婚联

中国社会科学院历史研究所文化室所编《明代通俗日用类书集刊》，在收录的万历年间民间日用类书中，有11部包含婚庆实用对联，累计数量达170余副，可见婚联习俗同春联和寿联习俗一样，已经成为普遍性的民俗。与此形成鲜明对比的是，仅仅在距此几十年前，李开先所著《中麓山人拙

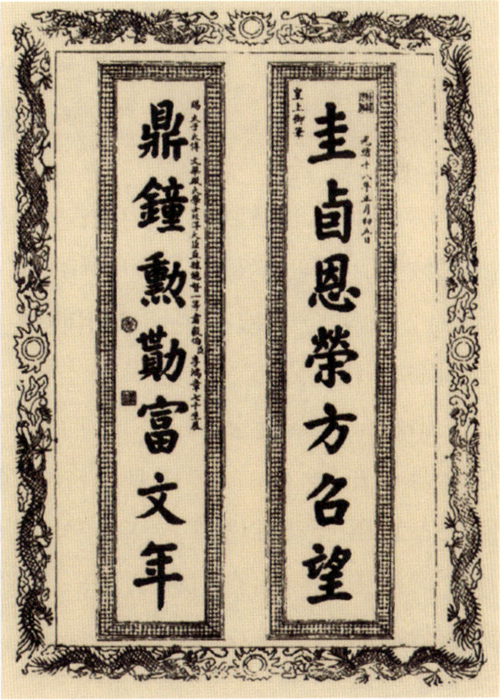

图4-13　光绪皇帝赐李鸿章寿联

对》及《中麓山人拙对续对》的1800余副对联中，有春联、寿联和挽联，却找不到一副婚联。由此可知，婚联的出现稍晚于寿联，二者都是受春联习俗普及的影响，从民间兴起的全新习俗，一旦形成，也得到了迅速普及。

在我们笼统的“婚联”概念之中，其实应该进一步区分为两类：一是实用于婚礼过程并由结婚的男女双方贴在门楹间或器物上的对联，二是男女双方的亲朋好友为了给婚礼助兴，而特意编撰和赠送的祝贺对联。明代婚联均为婚礼实用联，而由亲友所送的贺婚对联，则到了清代才形成风气。清初李渔的联集中就有两副贺婚联，如贺郑瑞士文学新婚：

栋宇维新，问合欢之地维何？答云：夏屋中之金屋；
科饬伊迩，讯发迹之期安在？对曰：小登后之大登。

清代中前期婚联的应用情况，名人雅士所写的贺婚联只是偶尔出现数例，主要还是以民间的婚庆实用联为主。如出生于康熙十年（1671）的丁应鼎编有民俗实用联集《海门联语》，其中就收有近五十副婚庆用联，语言上都十分工丽。

婚联风俗的逐步演进，最后也影响到了皇家的婚礼。同治十一年九月十五日（1872年10月16日）同治皇帝大婚，为了宫廷张贴喜联，一些阁臣受命撰写对联，当时担任协办侍读的王堃（1815—1887）在其《自怡轩对联缀语》中记载了他所拟的乾清门、太和殿和慈宁宫联语，其中乾清门联语为：

乾德承天，天子万年造端始；

图4-14　同治皇帝举行过婚礼的故宫坤宁殿

坤贞配地，地灵八极丕基长。

另外，光绪十六年（1890），光绪皇帝举行结婚大典，据说在英国维多利亚女王所送的一座自鸣钟上，也刻有一副用中文书写的喜联：

日月同明，报十二时吉祥如意；
天地合德，庆亿万年富贵寿康。

文人所撰写的贺婚联，风格多样，有极其典雅庄重的，如清代严问樵为“侯理庭之公子新婚曹氏”题写贺联：

雀屏妙选今公子；
鸿案清芬古大家。

也有追求出新和机巧的婚联，如粤东潘何二姓结婚，有人送上贺联，上联切潘、下联切何：

有水有田兼有米；
添人添口又添丁。

还有一些诙谐调侃的婚联，如天津太守牛稔文为子娶妻，纪晓岚所题贺联为：

绣阁团圞同望月；
香闺静好对弹琴。

上联暗切“吴牛喘月”，下联暗切“对牛弹琴”，字面虽然工雅，但细思之下不免惹人发笑。

民国时期吴恭亨也力主婚联要有新的语言和新的创意，他的《对联话》中载王子章贺于伯永娶妇联：

晏尔新婚，是才子佳人，配佳人才子；
殷予善颂，愿少年中国，产中国少年。

吴恭亨评价说：“笔大如椽，扫尽一切浮艳，一切陈腐。”

三 贺生育联

春联习俗全面普及之后，对联也开始进入了庆生育的习俗之中。目前所见最早的贺生育联，是明代嘉靖年间李开先所作，《中麓山人拙对》中载有“祝东里生子”一联：

从来老蚌珠成晚；
会见维熊梦不虚。

至万历年间，民间便有了在贺生育的仪式上张贴喜联的风气，这一时期的许多民间日用类书，就有了“生子联”这一门类，少则收录三副，多则六副，出现较多的联语如：

海上蟠桃重结子；
月中丹桂又生枝。

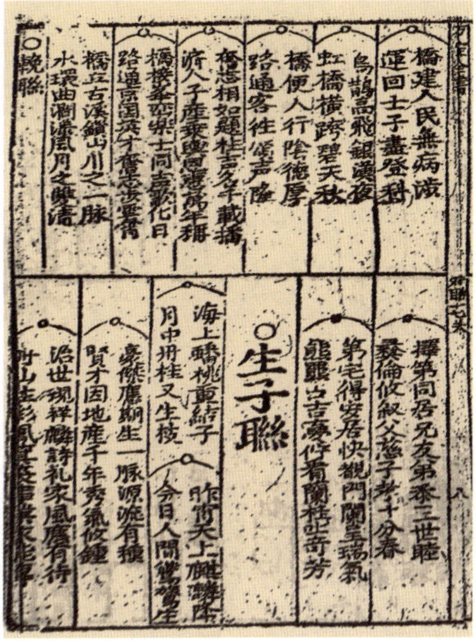
橋建人民無病渡
運回士子盡登科
烏鵲高飛銀漢夜
虹橋橫跨碧天秋
生子聯
擇第同居兄友弟恭三世睦
彝倫攸叙父慈子孝十分春
第宅得安居快睹門闌呈瑞氣
海上蟠桃重結子
月中丹桂又生枝
昨宵天上麒麟降
賢才因地產千年秀氣攸鍾

图4-15 明万历年间《万宝全书》中的生子联

入清代后，贺生育喜联的风俗进一步发展，李渔的联集中便有一副贺“顾且庵侍御六旬诞子”，李渔不仅祝贺他人生育，在贺自己生子后也写下了“五十生男，自书斋壁志喜”一联：

一生好事无双日；
百岁闲身得半时。

清代的各类民间实用对联集中，基本上都把贺生育联语作为喜庆联的一个门类收录，但有一点需要指出，由于民间重男轻女观念的影响，这类通用的贺生育联一般全是“生子联”，没有“生女”的喜联。当然，生女的联偶尔也会混在生子联中出现，只是没有设立单独的门类，如民国《共和新楹联类编》的“生子通用”中就有这样的贺生女联：

庭前兰吐芳春玉；
掌上珠生子夜光。

陈应性《联海》一书收录的“生育联”较多，计分成“生育通用”“季节区分”“双胎”“周岁”“晚年得子”“添孙曾”等类，作者认为：“贺生子女多用熊梦麟趾掌珠等字样，稍嫌庸俗，必须力求典雅，方称能手。”

四　贺乔迁联

贺乔迁联也是一个较为笼统的分类，如果细分的话，有“贺新居”和“贺乔迁”两大类。“贺新居”联在内容上以突出新居的华美以及位置的优越为主，而“贺乔迁”则还会把立意引向“莺迁乔木”“卜居”“择邻”以及“治家”“传家”等主题。当然，在现实生活中新居落成与搬进新居的时间一般会很接近，所以习惯上就把这些联放到一块来论述。

贺乔迁联最早也出现在明代嘉靖年间，李开先《中麓山人拙对》中载有“贺柏亭高鸿胪新居”两副，其一：

来宾贺及梁间燕；

爱主情兼屋上乌。

万历年间，各种民间日用类书所收到对联中，这类贺乔迁联语就成了一种普遍的存在，这表明到万历年间，“乔迁之喜”这种人生喜事就与对联全面结缘了。但需要说明的是，在这些类书中，对于“贺新居”和“贺乔迁”都是有着明确区分的，基本上每部书都是把这两类联语分别编排。有趣的是，所有书中“贺乔迁”的联语，标题全部是“迁居联”，而“贺新居”的联语，标题则五花八门，如“架造联”“起造联”“新创联”“华构联”等。事实上，到了清代的生活实用联集中，“贺新居”的标题变得更为复杂，除了上面的之外，还新出现了“营造”“起盖”“建屋”“建造”“构造”“创造”等名目，但内涵上皆为“建房”一事。兹举万历年间《新刻天如张先生精选石渠汇要万宝全书》中的两联：

架造联：

门对青山，满目风光呈瑞景；
户盘绿水，一湾清河沁新诗。

迁居联：

择里迁居，亲睦信为淳厚俗；
居仁由义，往来都是士夫贤。

清代中晚期以后，以对联来贺迁居的风气更盛，流传较为广泛的如曾国藩贺何栻迁居联：

图4-16　悬挂于扬州壶园内的曾国藩联

千顷太湖，鸥与陶朱同泛宅；
二分明月，鹤随何逊共移家。

清末及民国期间，贺迁居联的文化传统持续发展，一些联话和联集中多载有这类联语并加以评说，如吴恭亨《对联话》评论说："贺成室之联最不易工，亦最易落蹊径。"

五、贺升学联

史上第一副贺升学联是明代中期李开先祝贺潘云祥乡试获得第一名的对联，李开先《贺解元潘云祥》云：

身在丁年，早已山西发解；
首登甲第，行将海内知名。

万历年间各种民间日用类书中，一般把这类对联分为"入学联"和"登科联"两类，前者又称"入泮联"，也就是儒童考上秀才进入官学所用的贺联；后者也称"科第联"，是考中举人或进士所用的贺联。兹举《四民利观翰府锦囊》所载入学联、登科联：

入学联：

身着蓝袍，看今日泮池出色；

手攀丹桂，期他年雁塔题名。

登科联：

鹏海风高，奋万里云间之翼；
龙庭日暖，会九重天上之光。

入清后，贺升学联的内容更趋丰富，如乾隆年间江西修水黄云敷所编《对联玉露》就细分成了“入泮”“文武科”“进士”“贡生”四类。到了清晚期，贺升学联就分得更细，《清末丹噶尔楹联大全》所载陕甘到青海河湟地区的民间实用楹联，就把贺升学联分为“贺文泮”“贺武泮”“补廪”“各贡”“入监”“副榜”“文举”“武举”“进士”等细目，其中“各贡”又有“恩贡”“岁贡”“拔贡”等名目。如其中的《岁贡联》：

皓首穷经，天将老其才，作栋作梁支上国；
青云得路，人必大其用，为霖为雨济苍生。

清代文人联集中，贺升学联也不乏其例，钟云舫的《振振堂联稿》中有《贺门人刘琢章游泮》一联：

才而秀，秀亦须才，正五洲多事时，天子求贤，原非技艺；
学可入，入尤当学，有百年不竟业，鄙人属望，岂在科名。

清末废除科举后，这种“贺升学联”的习俗也逐渐消退，在新式教育的背景下，升学虽也算是人生喜事，但张贴悬挂实用性楹联以示庆贺情况的已不多见，偶尔会在朋友之间以题赠联的形式出现。

除以上五类庆贺联外，还有一些常见的庆贺联种类，如贺人升官的“贺升迁联”与贺人退休的“贺致仕联”。此外，还有一些与现代生活隔膜已久的庆贺联，如：古代一种庆祝丰收并彰显尊老敬老的宴乐活动叫“乡饮”，要由乡里齿德俱尊的老者坐在上座，依次称为乡饮大宾、乡饮僎宾、乡饮介宾、乡饮众宾，诸宾皆本籍致仕官员或年高德劭、望重乡里者充之，统称为乡饮宾。成为乡饮宾是一种很高的荣誉，所以古代也有给乡饮宾的贺联，如《海门楹联》里的一副：

帝卷重高年，齿德兼隆，乡国杖来皆由色；
宾筵崇长者，后先继美，衣冠济处悉推班。

图4-17　民国四年出版的《新编挽联合璧》书影

另外，清代科举制度中的几种庆贺仪式，如重游泮水（秀才入泮六十周年时，与新学生同行入学仪式）、重宴鹿鸣（考中举人六十周年后，与新科举人同赴鹿鸣宴）、重宴琼林（考中进士六十周年后，与新科进士同赴琼林宴）都有相应的贺联，不再一一举例。

六　哀挽联

在这么小的一个题目之下谈挽联，说实话是与挽联的实际地位不相称的，在2015年出版的八卷本《中国对联集成》中，挽联就占了满满两卷，这表示在传世的传统对联中，挽联要占到1/4左右的比例，这是包括春联在内的其他对联种类所难以企及的。

我们所说的挽联只是一个笼统的概念，从清代梁章钜的《楹联丛话》到民国胡君复的《古今联语汇选》，一般都是把与悼挽和丧葬有关的对联，全部划归“挽联”，并不曾去作更细的区分，但如果细致区分一下的话，挽联首先要分为两大类：一是亲友悼念哀挽死者的哀挽联，二是丧家因丧葬习俗而使用的丧葬实用联。哀挽联中，又分生前自我哀悼的“自挽联”与哀悼他人的“挽联”两部分；丧葬实用联可分为门户用联、灵棚用联、丧礼各环节用联以及墓柱联、墓碑联等。

丧葬实用联自身的文化渊源可以上溯到南宋时期的铭旌偶句，所以它先于哀挽联而产生，普遍的丧葬实用联习俗应在明代中早期（约1450—1550）形成，同一时期正是春联习俗的普及和寿联、婚联、行业联、宅第联习俗的全面发展阶段，这些民俗实用联语促进了丧葬实用联的形成。随着现代田野考古的发展，通过对明代墓葬的不断发现与发掘，我们对明代墓地对联的使用情况有了更加直观的了解。明代成化以前（1465年以前）的中国古墓，并未出现对联的身影，而成化之后的明墓中就出现了越来越多的墓门对联。明墓室建筑装饰家居生活图像为主，于是“阳宅”中出现的对联习俗很快便被移植到“阴宅”之中。

2002年《四川文物》第四期刊出的张茂华《成都地区明墓中的对联文化》一文，给我们提供了珍贵而丰富的资料。该文详细介绍了20世纪五六十年代以来，成都地区发掘的26座明代墓葬中墓室门枋上的37副对联的情况。这些墓葬的年代最早的为弘治年

图4–18　雪蓑子书李开先祖坟石门横额及对联

间（1488—1505），但其中的墓联内容为“我有微妙法，世间所稀有”，语句明显不对偶，说明墓联最初兴起阶段在形式方面的粗陋。其余墓联以嘉靖和万历年间居多，最晚到明末的崇祯年间，这些对联大多对偶工整，符合对联形式规范，如1956年发掘的宁菊东墓，墓主生前为明蜀王府“飞鱼品服掌印奉正”，卒于嘉靖三十四年（1555），墓为前、中、后三室的砖券石室结构，前、中室两门均有对联。前室门联：

四兽分明，结千里来龙之秀；
五行生旺，协三元飞鹤之祥。

这些墓联给我们描绘了成都地区明代墓联使用习俗的概况，表明这一地区在明代早期并无墓联习俗，最早在成化以后才开始出现墓联，这一习俗发展到嘉靖和万历而大盛，其后一直延续到明末。

李开先在嘉靖年间印行的中国首部个人联集《中麓山人拙对》中也有“先茔石门”和“亡妻圹门”两联，说明嘉靖年间在山东章丘地区已形成了墓联习俗。如“先茔石门”联：

漫漫长夜何时旦；
瑟瑟高松不记年。

乔应甲于明天启六年（1626）编印的个人诗联文集《半九亭集》卷六中收录有“坟墓”联语五副，其中一副就镌刻在其故里山西临猗张嵩村乔应甲父母的神道碑上，至今尚存，联文为：

堕泪残碑，哀哀父母今何在；
痛怀修夜，楚楚肝肠只自知。

关于丧礼用联的发展状况，《中麓山人拙对》中这类对联作品占了不小的比例，粗略数了一下，此书中以“为某某发丧作”为题的对联达三十多组，每组三五副到十几副不等，考虑到李开先曾在京城为官，又遭贬回山东章丘老家闲居，一生游历过不少地方，从这些作品可以猜想，在丧礼的各处场合以实用对联进行装饰，在嘉靖年间应该成为一种广泛的社会习俗。一次丧礼可以用到十几副对联，说明不仅灵堂和灵棚处需要张贴对联，事主家中各个门户应该都要贴上这种丧葬实用联，如李开先在九副“先母发丧”联之后，还附有两副“过街棚门”联。书中还有“为王仁夫乃尊迁葬作”六副，说明甚至在迁坟的仪式中也有使用对联的习惯。

在丧葬实用联习俗得到发展和普及之后，亲友间以对联的形式来表达哀挽之情的新风尚也开始出现，目前可见最早的哀挽联，是李开先挽唐顺之和王慎中的两副挽联。唐顺之，号荆川，王慎中号南江，二人同为嘉靖时期古文运动的代表，世称“王唐”。同时，二人又与李开先同为“嘉靖八才子”的核心人物，交情颇深，王慎中于1559年病逝于福建晋江老家，卒年51岁；唐顺之则于1560年在赴任途中病死于南通，终年54岁。当时正在山东章丘老家编辑《中麓山人续对》的李开先，为他们各写了一副挽联：

挽唐荆川（挽唯有诗，对则前此无闻）：

出似非时，莫讥制行同流辈；
死真足惜，再读遗文作古人。

挽王南江：

八千路远信难通，得何疾病因长逝；
五十年余名大振，况有文章可久传。

这两副挽联的引人注目之处，在于“挽唐荆川”联题下的小注：“挽唯有诗，对则前此无闻。”这说明以博洽闻名的李开先，之前从没见到过这类亲朋之间以人际交往为目的的挽联创作，所以他的语气是以挽联的开创者自居的。事实上这类哀挽联并不算典型的民俗实用对联，而是属于亲友题赠性质的抒情对联（只不过被赠对象是死者而已），是与古代的诔辞、挽诗、挽词一脉相承的文学形式。再到后来，当亲朋间用挽联来表达哀思成了一股社会风气，这类哀挽联才有了民俗实用联的色彩。

到了万历年间，坊间出版的民间日用类书中，一般都收录有“通用性”的挽联作品。这说明亲朋以挽联来进行吊挽发展成为民间习俗，就需要有通用性的范本来供社会人士选用。例如在多种类书上都曾出现过的通用挽联：

人去堂空，朝雨暮云难觅影；
琴调弦断，高山流水少知音。

清代专用挽联的发展，经历了一个由少到多，再到爆炸式繁荣的过程。清初挽联数量并不太多，乾隆时期的纪昀应该说是第一个大量写作挽联的名家，梁章钜《楹联丛话·挽词》中记载最多的就是“纪文达师”所写的挽联，其次则为梁山舟的挽联作品。其后咸丰、同治年间，曾国藩、左宗棠、彭玉麟、胡林翼等湘军将领的崛起，把专用挽联的创作推上了一个高峰，其中曾国藩全集收挽联77副，曾自我评价说：“生平无他长，惟挽联一卷，颇惬己心。”(见窦镇《师竹庐联话》）又言：“吾他日身后，文采传世，正不可必，但必有楹挽一书行世。”（见胡君复《古今联语汇选初集·自序》）曾国藩挽联创作数量多、质量高，而且还开创了给活人写挽联——生挽联的先河（见李伯元《南亭笔记·曾国藩包做挽联》）。后人所辑曾国藩《求阙斋联语》收联119副，挽联就有75副。如：

武昌居天下上游，看郎君新整乾坤，纵横扫荡三千里；
陶母是女中人杰，痛仙驭永辞江汉，感激悲歌百万家。

此联系曾国藩挽时任湖北巡抚胡林翼之母联，作者对此联颇为欣赏，送出后还专门写信给在武昌的弟弟曾国荃，询问：“胡家(收到的吊丧）联句必多，此对可望前五名否？”其自负与关切之情溢于言表。

图4-19　北京碧云寺祭堂外悬挂的哀悼孙中山的挽联

从晚清以至民国中前期，专用挽联的创作极度繁荣，每有一个公众人物去世，往往会在全社会掀起一股竞送挽联的浪潮。较为典型的事例如1916年10月31日黄兴病逝于上海、11月8日蔡锷病逝于日本后，黎元洪发布大总统令：“陆军上将黄兴、蔡锷，应予举行国葬典礼。”随后全国各地均有追悼和公祭活动，因而涌现出大量难以统计的挽联作品。再如孙中山于1925年3月12日在北京去世后，全国各地在各种哀悼仪式上所送的挽联，据说达十万副以上，足见当时专用挽联创作的盛况。

专用挽联中较为特殊的一类称为自挽联，可以视为自题联的一种特例，清代及民国自挽联佳作极多。

乾隆二十五年状元，江苏太仓人毕沅曾自营生圹于邓尉山，并自作挽联云：

读书经世即真儒，遑问他一席名山，千秋竹简；
学佛成仙皆幻相，终输我五湖明月，万树梅花。

晚清时期的俞樾曾有自挽联云：

生无补乎时，死无损乎数，辛辛苦苦，著成五百卷书，流播四方，是亦足矣；

仰不愧于天，俯不怍于人，浩浩落落，历数八十年事，放怀一笑，吾其归乎。

清及民国以后，通用挽联及丧葬实用联也得到了极大的发展，坊间大量刻印的实用对联集中，哀挽类成为标配，而且仪式更为繁复，分门别类更为精细。以清代流行较广的《新刻对联大全》为例，其卷七有“殡联”“丧妻”“孝服”三类，而“殡联”中又细分了“挽、挽女、家、门、方、路、大、二、堂、土、官、客、拜、停、厢、坟、梢”17个细目，其中“挽”为通用挽联，“家、门、拜、停”等应为丧家各个场所及丧礼各个环节所用的对联，而“坟”才是坟墓对联。丧葬实用联的习俗经历了20世纪各种社会动荡和文化劫难，一直流传至今。当代四川、贵州、湖北等地域都还保留着墓碑刻联的习惯，同时也保存着数量众多的墓联遗存，成为这些地域传统文化和民族风俗的一种典型代表。

第四节　居家第宅

红纸春联习俗普及之后，一般居家庭院的每个门户和楹柱上，每年春节时总会贴上对联。随后，有些主要的位置如大门、厅堂、书房、楼阁等处，就出现了以木板等载体制作的长年悬挂的联匾，明嘉靖年间的李开先说："余自罢太常，归旧里，稍稍广田园，葺庐舍，傍水依山，足以乐而忘老，遍设对扁，以见志。"这或是最早的居家第宅楹联的记载。居家春联的内容一般以迎春祈福为主，而这类居家第宅联的内容却更多是与主人的志趣以及门户所在的位置有关，比如：大门有大门的视野，重门有重门的功用，后门有后门的特点。

明代中叶李开先联集中的很多联语，就是为自己或亲朋的庭院建筑所题，如《题卧游斋》《题后知轩》《题高埠平楼》《题农商兼济之堂》等，只是还没当成一种联语的分类。最早出现"第宅联"提法的是明万历年间的民间日用类书《新刻全补士民备览便用文林汇锦万书渊海》，其"诸家巧联"部分开头就是以"第宅联"为标题的五副联语，完全独立于随后的"新春联"。兹举其一：

竭力奉亲闱，喜椿茂萱龄，舞彩堂中娱鹤发；
诗书传后裔，期桂花桃浪，题名榜上觐龙颜。

清代坊间刻印的民俗实用类对联集中，第宅联基本都是按照第宅的布局与位置来分的，主要分“大门联”“重门联”“后门联”“厅堂联”“书斋联”“闺房联”“厨房联”“厕所联”等。另外，有园林式庭院者还会有“园亭联”“楼阁联”“轩榭联”“桥梁联”等。此外，因为古时通常要在庭院一角饲养家畜家禽，所以又有了“马栏”“牛棚”“猪圈”“羊栅”“鸡窝”“犬舍”“蜂房”等类联语。个别联书中也有“照壁联”“窗棂联”“粮仓联”“柴房联”等名目。

一　大门联

大门联代表了一个家庭的形象和精神风貌，所以大门联的内容一般要雍容典雅，高占地步，或自报显赫家世，或昭示清白门风，或借周遭景物抒人生理想，或借乡里风物表处世态度。如清代《新刻对联大全》中的“大门联”：

图4-20　孔府大门联

五色凤毛新羽翼；
百年龙马旧家声。

大门联要以典正中和为主，如最为著名的山东曲阜孔府大门联，据说是明代李东阳撰，后由清代纪晓岚补书：

与国咸休，安富尊荣公府第；
同天并老，文章道德圣人家。

大门联还经常出现由别人赠送的情况，梁章钜《楹联丛话》载彭元瑞赠蒋士铨的大门联：

蒋心余先生宅中大门联云：“一代翰林风月手；六朝兰锜谢王家。”闻是彭文勤公所赠句。

二　厅堂联

厅堂联或写治家格言，或明处世之方，或述交友之道，也可以结合庭院景物表达主人的人生态度以及对子孙后代的期许。

厅堂联在明代中期形成了一种风气，除李开先联集中的大量厅堂对联外，与他同时期的许多著名文人也都有厅堂联的创作。日本江户时代文化元年（1804）刻印的《精选百家金声巧联》一书的“厅事联”部分，载录有明代中后期许多文人自题的厅堂对联，该书署名“明余三峰先生编”，应成书于明代末期，书中收录的八百多副对联集中展现了明代中晚期对联创作的总体面貌。该书“厅事联”中有“后七子”中的李攀龙、王世贞、吴国伦及宗臣的对联，有戏剧家汪道昆、许以忠和王衡的对联，甚至还有武将戚继光的一副厅堂联：

一侯虎视正当关，雄飞万里；
三尺龙光新出匣，气压千军。

图4-21　传统厅堂对联

清代的厅堂联创作和使用更加兴盛，坊间的民俗实用类对联集中也大量收录这类对联。

清末及民国，名家自题的厅堂联语众多，异彩纷呈，各显意趣，如梁章钜《楹联丛话》记载的蒋士铨宅中的多副厅堂联：

> 其厅堂各联，悉出先生所撰，皆格言也。大厅联云："至乐莫过读书，至要莫如教子；寡智乃能习静，寡营乃可养生。"内堂联云："欣戚相同，为人莫想欢娱，欢娱即是烦恼；福命不大，处世休辞劳苦，劳苦乃得安康。"……

三　书斋联

书斋是家庭主人看书学习之地，清静优雅，所以书斋联一般以励志、自省和表现书斋主人的真情和雅趣为主。书斋联与厅堂联一样出现较早，明嘉靖年间李开先联集中有不少给自己或亲友写的书斋联，天启年间乔应甲《半九亭集》卷一《书斋》中，也载有不少的联语，如：

晓坐空斋，窥帘碧竹经新雨；
朗吟载籍，隔世名流似故交。

万历年间的各种民间日用类书，大多都有“书斋联”一类，收有数副到十数副的联语，如《新锲全补天下四民利用便观五车拔锦》中的一副：

借天地胸襟，收尽江南春色；
认圣贤道理，挽回太古淳风。

清代是对联文化发展的巅峰期，文人自题书斋的风气极盛。梁章钜《楹联丛话》中自述其师陈白崖的书室联：

事能知足心常惬；
人到无求品自高。

后世影响较大的还有彭元瑞题书房旧联：

何物动人，二月杏花八月桂；
有谁催我，三更灯火五更鸡。

图4–22　乾隆书房三希堂对联

四　厨房联

厨房专用的联语出现较晚，基本是以厨房春联的形式出现，因为一般人家不会为厨房制作长年悬挂的联语。除李开先联集中有《烟楼联》14副之外，明代尚没发现别的厨房专用的联语。进入清代后，厨房联或是厨房春联渐多出现，如雍正时期陈长复《仁寿山房对联钞》中的一副厨房春联：

盐梅志远不媚灶；
菽水家常可养亲。

清代许多坊间刻印的实用对联集中，也都有了“厨房”一类。如清代《新刻对联大全》一书，便在“大门”“重门”“客厅”“书斋”“闺房”之后，列有“厨房”一类，收录五七言短联10

副，如：

烹煮三鲜美；
调和五味馨。

晚清和民国期间，有些个人联集中也记载了一些文人所撰的厨房对联，如重庆钟云舫《振振堂联稿》中收录了作者的厨房联：

盐是咸，醋是酸，知其味矣；
妻颇贤，子颇肖，顾而乐之。

五 花园楼阁联

旧时大户人家均有花园，乃是家庭里栽花种树、摆放奇石的空间，但稍富有者还是会建有亭榭和楼阁，这样，传统的第宅联中也就有了“园亭”“轩榭”“楼阁”，甚至“桥梁”等名目。

如明代乔应甲《半九亭集》中的园林联：

种竹成荫，堪清案牍窗前见；
栽花覆地，好对琴书帘外看。

再如清代《应酬名联汇选》中的园亭联：

奇石尽含千古秀；
异花长占四时春。

图4-23　苏州沧浪亭对联

文人为自己所居楼阁题写对联，在清代是习以为常的事情，如俞樾《楹联录存》中为“俞楼”所题：

合名臣名士为我筑楼，不待五百年后，斯楼成矣；
傍山南山北沿堤选胜，得之六一泉侧，其胜何如。

当然，俞樾当年题写时是作为第宅联中的楼阁联语来写的，但在其身后，俞楼已经成为杭州的一个知名景点，这副联也自然从第宅联变化成为名胜联了。

第五节　宗教祭祀

宗教是人类社会发展进程中的特殊文化现象，是人类传统文化的重要组成部分，宗教文化直接影响到人们的思想意识和生活习俗，从某种角度而言，宗教也可以看作一种特殊的民俗，所以，我们把宗教祭祀类的对联，放在民俗实用对联的最后，来进行系统的介绍。

世界三大宗教：基督教、伊斯兰教和佛教，在中国都有广泛的传播，再加上中国本土宗教——道教，这四种宗教与对联文化都有一定的交集，从而使宗教对联在整个对联文化中大放异彩。除了上述四种正式的宗教外，在中国还存在着相当广泛的准宗教文化形态——民俗信仰，主要包括祖宗崇拜和圣贤崇拜，这种民俗信仰与对联文化存在着深度的契合。下面就从这六个方面，分别详述之。

一　道教与宫观对联

道教是中国本土宗教，是以先秦老庄道家思想为基础，在东汉末年始创立的一种多神论宗教，道教的宗旨以长生和成仙为主，其神仙谱系庞杂繁复，上以太上老君为教主，中有各类大帝、真君、星君等，最下则有山神、土地、河神、城隍、灶神等自然神灵。所以，道教的宗教场所既有综合性的道观，也有单独的土地庙、龙王庙、真武庙等。

最早的道观对联，如弘治十八年（1505）状元、嘉靖年间入阁的顾鼎臣的《书道观》：

道院阐玄风，看八百班行联玉笋；
宗门兴景运，愿三千世界涌金莲。

嘉靖后期到万历前期的徐渭写过数量不少的道教对联，如《水神庙》《火神庙》《玄帝庙》《文昌祠》等联，兹以他的《长春观》一联为例：

道统三清，曰精曰气曰神，形依理，理依形，庄严即道；
春含四季，生夏生秋生冬，贞于元，元于贞，灯火长春。

万历年间出版的民间日用类书中，也出现了“道观联”的名目，如《新锲全补天下四民利用便观五车拔锦》中的“道观联”：

文武丹成，瑞气升腾云汉表；
雌雄剑出，豪光直射斗牛门。

入清以后，道观对联佳作益多，为后世称道者，如李渔题《庐山简寂观联》：

天下名山僧占多，也该留一二奇峰，栖吾道友；

图4-24　北京白云观邱祖殿对联

世间好语佛说尽，谁识得五千妙论，出我仙师。

乾隆皇帝曾为各地的道教建筑题写过不少的联语，如乾隆题北京白云观丘祖殿联：

万古长生，不用餐霞求秘诀；
一言止杀，始知济世有奇功。

道教神灵众多，单独祭祀某一神灵的庙宇名目繁多，且某些庙宇在明清时期很普遍，如土地庙、城隍庙等几乎每个地方都有，所以传统的道教对联数量巨大，《中国对联集成》（8卷）中收集到了传统道教对联达一万二千多副。

二　佛教与寺院对联

佛教是世界三大宗教之一，起源于古印度，广泛流传于亚洲国家，相传在东汉时期传入中国。佛教传入中国后，对中国文化的发展产生了重大和深远的影响，同时也适当吸收中国传统文化，从而发展成为中国化的一种宗教。对联文体在明代产生后，也很快被用来宣扬佛教教义和装点佛教寺院，佛教楹联很快成为佛寺中不可或缺的景观要素之一。最早出现的佛教对联作品，如明代三大才子之一的杨慎题四川宝相寺联：

音即是观，观人观我观世界；
士何称大，大经大法大慈悲。

“嘉靖三大家”之一的唐顺之曾有题佛寺对联：

一榻禅关，贝叶风飘尘虑却；
半间方丈，昙云日影色空忘。

李开先、徐渭联集中都有题写佛寺的对联，徐渭《开元寺大殿》一联甚至长达140字，是有明一代第一长联。万历年间，多种民间日用类书中收录“僧寺联”，如被《新刻人瑞堂订补全书备考》等民间日用类书多次收录的一联：

抚掌笑春风，丈室闲中空世界；
抬头看夜月，九霄高处照禅心。

明末清初，担当和尚的《罔措斋联语》中收录近四百副对联，是史上第一部佛教对联专辑。担当的对联善以活脱泼辣的语言阐述深刻的佛理，富含禅机，颇类偈语。如其题云南剑川金顶寺联：

世情涤尽山常瘦；
佛性空时火亦寒。

清代前期，朝廷推崇佛教，康熙、雍正、乾隆等皇帝都亲自给北京及各地的佛寺题写过大量对联，推动了清代佛教对联的进一步兴盛。清代佛教对联极度繁荣，传世作品也大大多于道教对联，还出现了大量脍炙人口的名联佳作。如何元普题四川新都宝光寺联：

世外人，法无定法，然后知非法法也；
天下事，了犹未了，何妨以不了了之。

进入民国后，佛教依然昌盛，很多高僧也都是撰联的高手，当时上海佛学书局印行的一本《佛教日用文件大全》中，甚至特设了“联语”一章，专门讲授佛教楹联的做法。民国期间较有影响的佛教对联书籍，有弘一法师的《华严集联三百》等。

中国佛教寺庙的布局，一般是中轴线对称的宫殿建筑，正面中路为山门，山门内左右分别为钟楼、鼓楼，正面是天王殿，殿内有四大金刚塑像，背面则为韦陀像，再向后为大雄宝殿和藏经楼，僧房、斋堂则分列正中轴左右两侧。寺院中不同建筑上的对联要围绕该建筑的功能来着笔。

图4-25　济宁清真东大寺邦克亭对联

三　伊斯兰教与清真寺对联

伊斯兰教是7世纪初由阿拉伯人穆罕默德所创，世界主要宗教之一，7世纪中期通过海上的“丝绸之路”传入中国的广州、泉州等地。至明末清初，开始有伊斯兰教对联出现在清真寺中。如乾隆曾有题山东济宁清真东大寺联：

渡岸前临，即观水以观澜，心窍洞开窥正始；
通衢后绕，非可南而可北，脚跟持定觅真诠。

进入近现代以后，伊斯兰教对联发展更加兴盛，一些高官和文化名流也会给一些著名的清真寺题写对联，如李鸿章题天津清真北大寺联：

自古清真，传授心法贵善悟；
至今无二，继承主教仰慈风。

赵藩有题大理清真寺联：

宗教各有偏，诱愚儆顽，不妨自备一说；
人群须进化，厚生正德，方能并立五洲。

西安化觉巷清真寺礼拜大殿有同治十三年（1874）状元陆润庠以及光绪年间陕西布政使樊增祥题写的对联，陆润庠的联语为：

礼原一敬勤昭事；
拜懔五时贵竭诚。

樊增祥的联语为：

象显异星，大德神灵，知有西方至圣；
恩施后世，脱离亿兆，赞从东土真人。

四　基督教与教堂对联

基督教是对奉耶稣基督为救世主的各教派的统称，公元1世纪发源于亚洲的巴勒斯坦地区，主要包括天主教、新教、东正教三大教派。

教堂是基督教举行弥撒礼拜等宗教事宜的场所，在基督教堂刻挂对联，始于清初的康熙皇帝。康熙与天主教传教士关系密切，曾题写过不少的天主教楹联和诗词。康熙五十年（1711），康熙题赠宣武门内天主堂律诗，御书匾额“万有真原”，并赐对联一副：

无始无终，先作形声真主宰；
宣仁宣义，聿昭拯济大权衡。

基督教因“礼仪之争”而被康熙禁止，之后的一百多年间，中国基督教处于一种低迷的状态。晚清以来，由于教堂建筑悬挂的需要，以及信众居家和节庆张贴的需要，基督教楹联的创作与使用出现了一个兴旺的局面，清末及民国曾有多种基督教楹联专集出版问世，如清代木刻本《圣教对联》、民国本《教会对联》等。

基督教对联的兴起，说明异质文化在切入中华文化之后，总会经历一个本土化的必然过程，同时也说明中华对联文化对于任何文化场景都有着无与伦比的包容和适应能力，正如《圣教楹联类选简编》一书的“序”中所说：

楹联之道虽小，顾为用殊广，或以点缀厅堂，或以贺喜志哀，或垂懿训以自警，或著佳句以娱宾，诚吾国文字之特长，抑亦善良风俗之宜保存提倡者也，吾中华圣教，尤以楹联供昭事上主，颂扬神圣之用，联语则典雅裔皇，笔姿则秀丽遒劲，顿使殿堂屋宇，发扬国粹之芬芳，迥异他邦之习尚。

五　祖先崇拜与宗祠对联

中华文明区别于其他古代文明的最大特点之一，就是祖先崇拜的盛行，祖先崇拜是基于死去的祖先的灵魂仍然存在并且会对子孙的生存状态有影响的一种信仰。祖先崇拜作为一种准宗教文化，也需要一定的仪式和场所，过去每个家庭皆有家祠，一般在厅堂正中或设置有神龛的地方，供奉曾祖以下的祖宗牌位，大户人家则有专门的建筑。对联文体产生伊始，就与这种敬祖的文化发生了关系，明嘉靖年间李开先联集中有“时享之堂”联语三副。

比家祠规格更高的，是宗族祭祀始祖、远祖和近祖的场所，称为宗祠，除祭祀外，宗祠还承担着议事和处理族务的功能。宗祠对联的内容应该切合本支脉的客观实际，但由于社会对于宗祠对联的需要太大，所以又出现了一些通用性的宗祠对联，如有些明万历年间的民间日用类书中，就收录了这类通用宗祠对联，如《新镌赤心子汇编四民利观翰府锦囊》收录“祠堂联”五副，如：

萃子孙于一堂，序昭序穆；
祀祖宗于百代，报德报恩。

清代直至民国，宗祠对联更是呈现出极度繁荣的状态，特别在南方的一些客家人聚居地，有村落处即会有多处宗祠，有宗祠便会有宗祠对联。《中国对联集成》（8卷）中收录的传统宗祠对联达一万副有余，每个姓氏、每个地域都有大量的宗祠对联作品，真可谓是浩如烟海了。

清初傅山、郑燮、陈长复等均有为别人题写的宗祠对联，其后俞樾、吴恭亨等人集中则更多出现，钟云舫的《振振堂联稿》中还专门设有“祠堂类”，收录他为自己以及友人所题祠堂联19副。

宗祠对联是展现家风、承载家训的理想平台，能向族中后代传达自己的人生体会和生活理念，如左宗棠虽然连年征战，但还是没忘记给老家的左氏家庙题写对联：

图4-26　江西婺源俞氏宗祠门联

纵读数千卷奇书，无实行不为识字；
要守六百年家法，有善策还是耕田。

赵藩是中国近代史上著名的政治家、学者、诗人和书法家，当过南方军政府的交通部部长，他为云南剑川向湖村赵氏宗祠题写过七副对联，其中一副：

以忠孝仁恕传家，无大盛亦无大衰，先世之贻谋远矣；
于困苦艰难行善，有厚德必有厚福，后人之继述勉旃。

梁启超是近代思想家、政治家、教育家、史学家和文学家，新学的开创和倡导者，他的思想理念在“题新会梁氏祠堂”联中也有集中反映：

溯千年血统，似续相承，废专制行共和，改革先从家族起；
入廿纪盘涡，竞争益烈，以保种为爱国，救时还赖子孙贤。

六　圣贤崇拜与祠庙对联

除祖先崇拜外，圣贤崇拜是中国民间信仰的另一重要类型，即将历史上的圣王贤臣、思想家及军事家，作为神灵来崇拜并加以供奉。供奉和祭祀这类人物的场所称为庙或祠，发展到后来，任何有德于民、有功于国、有善行于乡里以及留下著作或美名的历史人物，均可建庙立祠，包括民间的孝子烈女之类。最为极端的情况是“立生祠”，即为活着的官员建立祠庙，加以奉祀。

目前资料所见最早的祠庙对联，是李开先联集序言中所转引的“英国公祠”和“题余阙庙”二联。从嘉靖到万历的几十年间，祠庙联迅速得到了普及，万历年间的多种民间日用类书中都大量出现了祠庙联，名目有“忠臣祠联”“烈女祠联”“庙宇联”“关帝庙联”“张巡许远庙联”等。如《新刊天下民家便用万锦全书》中的一副“忠臣祠联”：

扶植纲常，万古忠贞悬日月；
保全社稷，千秋血食镇乾坤。

徐渭的《徐文长佚草》中收录有各种祠庙联近二十副，以“关帝庙”或“关祠”最多。乔应甲的《半九亭集》中收录有“孔庙(明伦堂)”联9副，而收录的“关帝庙”联语多达30副，其中最长的一副达46字：

一生大义明春秋，扶汉鼎，嘘炎精，白日青天，寒照奸雄心胆；
千古英灵在华夏，捍民灾，翼国运，孤忠正气，永维人世纲常。

明清圣贤崇拜中，最为顶级的两例，是对文圣孔子和武圣关羽的尊奉和祭祀，各级州府县学均设有文庙，而武庙更是遍布各个乡村，所以圣贤崇拜的祠庙对联中，当以文庙对联和关帝庙对联数量最多。入清朝以后，康熙、雍正、乾隆都为孔庙题写过对联，如乾隆题文庙联：

气备四时，与天地日月鬼神合其德；
教垂万世，继尧舜禹汤文武作之师。

图4–27　杭州岳庙对联

此外，奉祀岳飞、文天祥、于谦、袁崇焕等人的祠庙数量也有不少，其中对联也颇多优秀之作。《中国对联集成》（8卷）中收录各类祠庙对联九千余副，名目繁多，佳作纷呈，这里不再一一列举。

结　语

对联文化与中华传统的民俗宗教文化相结合，形成了门类繁多、异彩纷呈的实用性对联，虽然实用对联会有大量的陈词和套语，在文学性方面有时会有些欠缺，但是在全面反映社会文化方面，没有任何传统文体形式能达到对联文体的这种深度和广度。时移事易，对联文化经过了半个多世纪的断裂，楹联习俗的确处于极大的萎缩中，如节令对联只剩下春联一花独放，庆吊对联中虽然婚联习俗仍在流行，但对寿联和挽联的习惯已经十分淡漠。在21世纪的今天，复兴中的对联文化又遇到现代生活方式的诸多挑战，如新式楼房小区在布局，在设计上都没有考虑到张贴悬挂对联的空间等，但我们相信，非常有中国传统文化特色的实用对联习俗，会在现代社会里找准位置，站稳脚跟。

第五章　争奇斗巧

本章将分别对讽刺、滑稽等谐趣联以及拆字、谐音等技巧联进行系统的阐述，最后对于集字联、集句联以及诗钟等形式进行简要介绍。

第一节　讽刺滑稽

一　讽刺联

诙谐滑稽类联语，也常用到各种文字游戏类的修辞技巧，所以与巧对是一脉相承的文化传统。以联语进行讽刺，明代的事例很少，万历年间的《奇联摭萃》中有一则讽刺府学教授在明伦堂中设宴演戏的趣联故事：

> 弘治末，泉州府学一教授颇立崖岸，乃南海人也。一日，设宴于明伦堂，搬《西厢》杂剧。翌日，有无名子书一联于学门云："斯文不幸，明伦堂上除来南海先生；学校无光，教授馆中搬出西厢杂剧。"教授偶出见之，赧然自愧，故态顿去。闻者莫不鼓掌。

讽刺联到清代始多，晚清及民国是讽刺联的兴盛时期，各类嘲讽、揶揄、戏弄、恶谑都可入联，可以说嬉笑怒骂皆成讽刺联语。讽刺，本是文学的基本功能之一，孔子说诗"可以怨"，但也说过要“怨而不怒”，传世的清代及民国讽刺联，手法上一般过于直露和浅陋，与传统诗歌的情趣相去甚远，故讽刺类对联一般都被归于趣联巧对之列，不与抒情、写景和说理的对联相提并论。

下面列举九种比较典型的讽刺联，各举两例说明之。

纪昀曾有两副嘲庸医联，算是晚清以前风格较为蕴藉的讽刺联：

不明才主弃；
多故病人疏。

新鬼烦冤旧鬼哭；
他生未卜此生休。

前者为改字联，改孟浩然诗句“不才明主弃，多病故人疏”而成。后者为集句联，上联出自杜甫的《兵车行》，下联出自李商隐的《马嵬》。

清末鸦片泛滥，成瘾者轻则败家，重则殒命，故当时也有许多嘲鸦片烟鬼的讽刺联，如：

一榻长眠，哪管他地裂山崩，海枯石烂；
半生虚度，总有日烟消火灭，灯尽油干。

贪官污吏历来为民众痛恨，所以针对贪官的讽刺联数量较多，如：

早去一天天有眼；

再留此地地无皮。

大老爷做生，金也要、银也要、铜钱也要，红黑一把抓，不分南北；

小百姓该死，稻未熟、麦未熟、高粱未熟，青黄两不接，哪有东西。

前一副七言联讽刺极为辛辣，可谓畅快淋漓。后一联讽贪官做寿，颜色、方位等字对得极工巧，内容也是妙趣横生。

苛捐杂税是旧时代的弊政，特别是民国时期，讽刺捐税如牛毛的联语较多：

自古未闻粪有税；
而今只剩屁无捐。

上面的对联出自四川“谐联大师”刘师亮，痛恨之状，溢于言表。

科场舞弊历来最为士子所深恶痛绝，所以讽刺考官无德无才的联语，也流传很多，如：

少目岂能第文字；
欠金切莫问科名。

此联嘲吴省钦典试江西时贪财舞弊，上下联拆开“省”“钦”二字，骂其有眼无珠，重“财”不重“才”。

清末及民国，因为国事日非，所以民众多把对时局的失望，转移为对高官大吏的不满和对庸臣的怨恨，这方面的讽刺联如：

相国合肥天下瘦；
司农常熟世间荒。

此联嘲李鸿章和翁同龢，李为合肥人，翁为常熟人，联语用地名的关双之意，对两位清廷重臣进行了讽刺。

袁世凯窃得民国大总统之后，转而复辟称帝，落下千古骂名，当时的社会上就流传有大量的讽刺联，如：

曹操云毋人负我，宁我负人，唯公能体斯意；
桓温谓不能留芳，亦当遗臭，后世自有定评。

此联把袁世凯比作篡汉的奸雄曹操和篡晋的权臣桓温类，读来意味深长。嘲讽最高统治者的联语中，还以讽刺慈禧太后的居多。如：

万寿无疆，普天同庆；
三军败绩，割地求和。

前联讽刺慈禧庆六十岁大寿，光绪二十年（1894）十月，当时正值甲午战争，又是慈禧的六十整寿，就在这国难当头、国库空虚之际，慈禧不惜花费近千万两银两，为自己举办最为隆重的庆寿大典。而甲午战争失败的结果，却是割地赔款以求和。

晚清和民国的讽刺联，有很多出自下层文人和普通民众之手，广泛流传于民间，在一定程度上表达了民意的同时，同时也反映出当时社会文化意识的封闭、保守甚至愚昧。比如清廷首次派郭嵩焘担任驻英公使，被认为是有损于“天朝上国”的颜面，于是郭嵩焘一时成了众矢之的，更有无聊文人编了些讽刺联，如：

出乎其类，拔乎其萃，不容于尧舜之世；
未能事人，焉能事鬼，何必去父母之邦。

近代还有不少讽刺维新派和洋务派领袖人物的联语，有些讽刺联多谩骂和诅咒之语，大有借联语以泄私愤之嫌，所以读者也不必全以讽刺联中的是非为是非。还有些讽刺联专门嘲弄特定的人群，如和尚、太监或身体有残疾者等，在今天看来也属于格调很低的文字。

二　滑稽联

有些巧趣联语，纯以诙谐、滑稽为主，并不表达什么特定的主题。如《古今滑稽联话》中的两则：

甲乙二生，共饮红白酒而醉。甲曰：“红白相兼，醉后不知南北。”乙固寒士，因对云：“青黄不接，贫来卖了东西。”现身说法，殊趣，非此不成的对。

一乞丐与一老妓，穷极无聊，对对排遣。丐曰：“千舍万有，万舍千有，我的多福多寿老太太。”妓曰：“朝思暮想，暮思朝想，奴的知情知义小哥哥。”

再如明代万历年间《新板全补天下便用文林妙锦万宝全书》中“杂联”中的两联：

雪压竹躬，倒地拜天求日解。
露盈花泪，倚栏对月为风流。

乌鸦飞入鹭鸶群，雪里送炭；
彩凤来立鸳鸯阵，锦上添花。

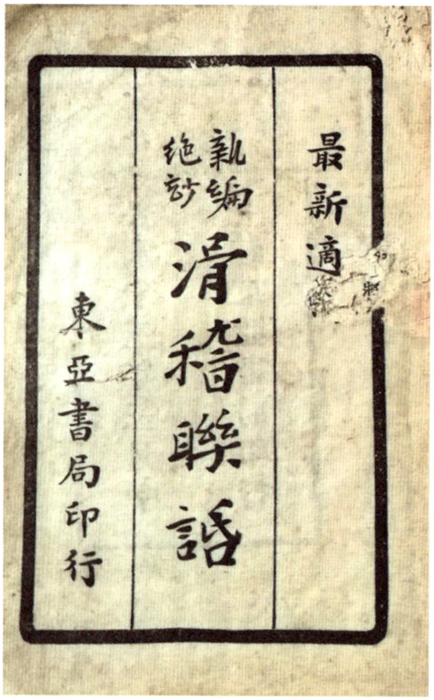

图5-1 民国《新编绝妙滑稽联话》书影

还有一类作者自嘲的对联，可视为风格搞怪的自题联，如《古今滑稽联话》载：

某县令居官清廉，萧然四壁。尝于除夕作联自嘲，其语颇趣。联云："放千枚爆竹，把穷鬼轰开，数年来被这小奴才，扰累俺一双空手；烧三枝高香，将财神请进，从今后愿你老夫子，保佑我十万缠腰。"

第二节　机巧对联

机巧对联的实质，在于根据汉字形音义合一的特点，运用特定的修辞手段来构成的文字游戏。下面就从字形修辞、字音修辞和字义修辞三个方面，系统阐述一下机巧对联的分类。

一、字形修辞

字形修辞指利用汉字的局部结构或整体结构特点，所构成的机巧对联。

1. 析字对

析字对就是将某些汉字的形体结构进行分析肢解，利用文字离合的方法或拆或合而表示一定的意义。如汪升的《评释巧对》载：

> 冻雨洒窗，东二点西三点；
>
> 切瓜分片，上七刀下八刀。
>
> 杨一清八岁，举奇童。入朝值寒天，上见之，命以此对，杨答之。称旨，赐红衣金币，后官大学士。“冻”字，是“东”字边二点。“洒”字，是“西”字边三点。“切”字，是“七”

字边“刀”字。“分”字，是“八”字下“刀”字。出得巧，对得工。

2. 偏旁对

偏旁对就是利用汉字字形中相同的偏旁部首字组成的对联。这种联因具有整齐的形式美而引起人们的兴趣。如：

峰峦崇岱岳；
江海涌潮流。

一组构成一个序列的偏旁，也可组成偏旁对，如“五行对”：

烟锁池塘柳；
炮镇海城楼。

另外，还有部分文字同偏旁的巧对，如：

琴瑟琵琶八大王，王王在上；
魑魅魍魉四小鬼，鬼鬼靠边。

该对联上、下联的前四字分别同旁，八个“王”，四个“鬼”，构思极为精巧。

3. 玻璃对

玻璃对是运用某些左右两边形体结构相互对称的字撰成对联，因正面看与反面看均一样，故又称玻璃对。梁章钜《楹联丛话》卷四载：

黄右原曰："从来联语，纸书居多，或刻以竹木，或用漆加云母石，且有嵌牙玉者。至吴山尊学士，始出意制玻璃联子，一片光明，雅可赏玩。惟字画不能无反正之嫌，学士又运其巧思，使之表里如一。其句云：'金简玉册自上古；青山白云同素心。'"

近代鸳鸯蝴蝶派作家陈蝶仙（1879—1940）及其女儿也创作过一些玻璃对。据郑逸梅的《艺林散叶》第108则载：

陈蝶仙筑蝶庄于西子湖头。以爱镜故，廊间多置长镜。但楹联入镜，字作反影，颇以为憾。因拟用字之正反相同者为联以张之。其女小翠（1907—1968）曾撰若干联，其一云："北固风云开画本；东山丝竹共文章"，盖繁体字适相称也。

4. 缺隐联

缺隐，即有意不说出要说的全部内容，只说前一部分，而把后一部分隐藏起来，让读者去体悟。缺隐联包括缺字联、隐字联、藏字联。如李伯元的《南亭联话》卷七载：

前明礼部尚书钱谦益，号牧斋，鼎革后，归命新朝，仍官原职，觍然自号为"遗民"。无耻之尤，令人痛恨。晚年大营第宅，自题为"逸老堂"。有少年于夜间榜一联于其室曰："逸居无教则近；老而不死是为。"

此联嘲讽钱谦益以明朝高官而投降清朝。上联用《孟子》“逸居而无教，则近于禽兽”句，下联用《论语》“老而不死是为贼”。

5. 置换联

置换就是将一合体字拆开后的独体字与别的独体字组合成新的合成字，并表示新的意思。如钱德苍的《解人颐·玉堂巧对》载：

> 卢柟戏同年进士王云凤云：“鸟入风中，衔出虫而作凤”。王云：“马来芦畔，吃尽草以为驴”。

6. 嵌字联

嵌字联也叫嵌名联。就是将人名、地名、事物名或有特定含义的字嵌入联中，使其主题显明。如吴恭亨的《对联话》载：

> 于右任赠青凤嵌字云：“青蛾皓齿镇相怜，唱遍那丑奴儿令，粉蝶儿令；凤泊鸾飘同一慨，醉倒在黄四娘家，吴二娘家。”

7. 回文联

回文又称回环，无论正读还是反读，语句的内容和字序完全相同。如雷瑨的《文苑滑稽联话》载：

> 二十余年前，《申报》曾以“客上天然居，居然天上客”十字征联。“天然居”者，京师酒楼名也。十字回环读之，各有意义，对者颇不易。其时应征者有十余联，以“船下河泊所，所泊河下船”一联为最佳，因“河泊所”为广东地名，倒读亦另有一义，足与出联工力悉敌也。

8. 连珠对

连珠对指使用了叠音词的巧对。叠音词，是重复同一个音节所构造的词，是一种应用极广的词类。属于名词的叠音如“年年”，属于动词的叠音如“拍拍”，属于形容词的叠音如“轻轻”，等等，通过叠音词的使用，能够传神地描写出人和物的音、形、情、态，有栩栩如生的表达效果。巧对中可以一个字重叠，也可多个或全部字皆用叠音。如董坚志的《新编绝妙滑稽联话》载：

> 某君代报馆作叠字联云：“好好丑丑，事事细细详详；非非是是，天天说说谈谈。”……

9. 顶针对

顶针又名顶真，是重字技巧的一种，即上一分句的尾字或词与下一分句的首字或词相重，使相邻句子首尾相连，上递下接，环环相扣，以突出事物的因果与事物的衔接关系。如：

> 大鱼吃小鱼，小鱼吃虾，虾吃泥，泥干水尽；
> 朝廷刮州府，州府刮县，县刮民，民困国危。

10. 衔字对

衔字，属于在一句之内的“顶真”，是两字叠用但却不构成一个词，只是在两层意义之间形成互相衔接的关系。如梁章钜的《巧对录》卷三载：

> 《齐东野语》中又载一对句云：“妙法法因因果寺，金轮金

刚；中和和丰丰乐楼，银杓银瓮。”盖上句是当时寺名，下句是当时酒楼名，亦可谓巧合矣。

11. 掉字对

一句之内间隔重字的一种技巧。梁章钜《巧对录》卷三载：

寇莱公在中书时，尝与同列戏语曰：“水底日为天上日。”未有对者。会杨大年来白事，应声曰：“眼中人是面前人。”一时称为的对。

二　字音修辞

字音修辞指利用汉字读音的特点，所构成的机巧对联。

1. 借音对

借音是以词语音同而借用，如民国陈子展的《谈到联语文学》载：

有所谓借对，一种假对。如杜甫诗：“枸杞因吾有，鸡栖奈汝何。”……以枸（狗）对鸡……都属借对。

2. 谐音对

谐音即运用字词的同音或近音的条件来构成双关意义。联中某些字、词表达一个意思而与这个字、词的读音相同或相近的字、词表达的又是另一个意思，含蓄委婉，耐人寻味。如梁章钜的《巧对续录》载金圣叹临死前的巧对：

临刑，其子送之，哀极。子本聪颖，金曰："吾亦怜尔，尔知我之苦乎？有一对，尔属之：'莲子心中苦。'"莲、怜，借音巧合。子方悲号，久而未答。金曰："痴儿，是何足悲乎？吾代尔对：'梨儿腹内酸。'"梨、离，亦借音。

3. 异音对

运用汉语一字多音、一字多义的特点制作对联，使联中几个字，字同音不同，音不同义也不同。耐人寻思体味。如朱应镐的《楹联新话》载：

四川长水县有朝云庙。徐文长题联云："朝云朝朝朝朝朝朝朝退；长水长长长长长长长流。"上联第四、五、七"朝"字读如"朝觐"之"朝"，下联第四、五、七"长"字读如"消长"之"长"。就题起义，奇巧天成，洵非渭不能作也。

4. 同韵对

以同韵部的字来构成的巧对，如钱德苍的《解人颐·玉堂巧对》载：

徐希为吏时，随郡守步庭墀中，见鹿伏屋北地，守曰："屋北鹿独宿。"希云："溪西鸡齐啼。"

5. 摹声对

摹声即利用象声词模拟人或物体的声音来制联，给人身临其境，如闻其声的感觉。如刘大白的《白屋联话》载：

“劈栗扑簏”和“倾蓤空笼”，都是摹仿多数零碎物件倾倒的时候，和它种器物相接触而发生的声音的。……有人把这两组摹声字，构成一副联语：“山童采栗用筐承，劈栗扑簏；野老卖菱将担倒，倾菱空笼。”

6. 绕口联

绕口联是把同音或谐音字放在一起，使其反复交错，读起来造成拗口难读的特殊效果。这种方法类似于衔字对的特例，只是把所衔相同的字，改为相同的音。如梁章钜的《巧对录》载：

有二士夜间对月，一士出对云：“移椅倚桐同玩月。”友对云：“点灯登阁各攻书。”

7. 语音回环联

是回文联的一种特例，正读和反读，只是读音相同，内容和字序均不相同。如传统巧对：

画上荷花和尚画，
书临汉字翰林书。

三　字义修辞

字义修辞指根据字词的含义特点，所构成的机巧对联。

1. 方位对

包含了“东南西北中”“上下左右前后”等方位字的巧对，如明赤心子的《奇联摭萃》载：

刘三吾侍太祖微行出游，入市小饮，无物下酒。上出联曰：“小村店，三杯五盏，无有东西。”三吾未及对。店主对曰：“大明国，一统万方，不分南北。”……

2. 颜色对

包含了各种颜色字的巧对，如汪升的《评释巧对》卷七载：

史君子花，朝白午红暮紫；

虞美人草，春青夏绿秋黄。

金山寺一小沙弥，善属对。有太府呼至，指筵上金杯戏谓曰：“能对，以此赏之。”沙弥请先赐杯而后属对。因出此对，沙弥答之。对句实为工致。

3. 数目对

包含了一至十和百千万亿等数字，以及“孤”“满”等类数字的巧对，如汪升的《评释巧对》载：

孤舟两桨片帆，游遍五湖四海；

一塔七层八面，观尽万水千山。

祝枝山与沈石田同舟，枝山出此对，石田答之，可谓工矣。

4. 干支对

包含了十天干和十二地支的巧对，如朱应镐的《楹联新话》载：

福州街巷间惜字炉联句，多书“能知付丙者；便是识丁人。”质而有味。相传为孟瓶庵考功所撰。

5. 人名对

以人名与人名相对而形成的机巧对联。如钱德苍的《解人颐·玉堂巧对》载：

李梦阳督学江西，有一生与同名，因出一对曰：“蔺相如，司马相如，名相如，实不相如。”生对云：“魏无忌，长孙无忌，汝无忌，我也无忌。”

6. 地名对

以地名与地名相对而形成的机巧对联。如范范的《古今滑稽联话》载：

平湖令某，无锡人，有才名，而贪于货贿。巡方将劾之，怜其才，讽以对云：“平湖湖水水平湖，未餍所欲。”令会其意，对曰：“无锡锡山山无锡，空得其名。”巡方颔之，遂罢劾。

7. 药名对

以中药名与中药名相对而形成的机巧对联。如梁章钜的《巧对补录》转《菜堂节录》中的巧对：

又有以药名属对者，曰：“白头翁牵牛过常山，遇滑石，跌断牛膝。”予对曰：“黄发女炙草堆熟地，失防风，烧成草乌。”

8. 词牌名对

以词牌名与词牌名相对而形成的机巧对联。如孙肇圻的《篑心剑气楼联语》载：

> 沈孟起婚礼，集词牌名制联为贺："王孙信，满庭芳，绿意红情舞春风，醉公子；人月圆，好事近，个侬多丽如鱼水，贺新郎。"

此对联全由词牌集成，上下联各包含六个词牌名。

除以上所列外，我们在"修辞"一节中所举的各种强化表达效果的修辞方式，如"比喻""夸张"等，皆可构成巧对，这里不再一一列举。

第三节　诗钟集联

诗钟和集句联是两类特殊的对联形式，下面我们分别叙述之。

一　诗钟

诗钟又名“折枝诗”，清朝道光年间发源于福建，清末及民国流传至全国。诗钟由上下两个七言句组成一联，严格按照律诗关于平仄和对偶的规定，在写作时以焚香限时，即以线系于香尾端，下面坠以铜钱，香尽线断，则铜钱落入承接的铜盘，发出清脆响声，即停止收卷，由此得名“诗钟”。诗钟虽起源于律诗，但只有两句对仗的七言，可以说是一种特殊的游戏类七言联。

诗钟主要有“嵌字”和“咏物”两种命题与创作方式。“嵌字”相当于使用嵌字修辞的七言联，“咏物”则近于谜语联。

“嵌字”即随机拈取两个字，分嵌上下句中。有正格与别格之分。两个字分别嵌在上下句相同的位置上，是正格，从第一字到第七字，共计有七种格式，也可以名之为一唱、二唱、三唱等，嵌在第几字处就名之为几唱。

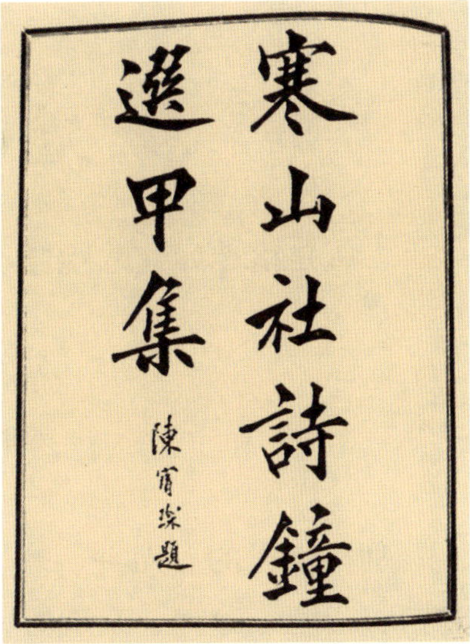

图5-2　《寒山社诗钟选甲集》书影

1. 凤顶格。如《门·斯》一唱：

门雀可罗怜薄宦；
斯人不出奈苍生。

2. 燕颔格。如《然·起》二唱：

偶然风雨惊花落；
再起楼台待月明。

3. 鸢肩格。如《转·岚》三唱：

飞絮转蓬生客感；
湖光岚色助诗情。

4. 蜂腰格。如《云·节》四唱：

竹难屈节怒穿石；
松欲凌云羞作花。

5. 鹤膝格。如《天·我》五唱：

海到无边天作岸；
山登绝顶我为峰。

6. 凫胫格。如《香·世》六唱：

静闻落叶皆香气；
老觉闲花不世情。

7. 雁足格。如《氅·秔》七唱：

竹楼日静闲披氅；
栗里风高略种秔。

别格常见的有魁斗、蝉联、汤网、双钩、鼎峙、鸿爪、辘轳、卷帘、云泥、碎锦、五杂俎、晦明等，兹略作分述。

8. 魁斗格：两字分别嵌在上联之首和下联之末。如《横·空》：

横野无声虹饮涧；
贴云有字雁书空。

9. 蝉联格：两字分别嵌在上联之末和下联之首。如：《始·归》

赏春酒热听莺始；
归梦钟鸣醒蝶初。

10. 汤网格：以商汤网开一面之意命名，题目为三个字，分别嵌入上下联首尾处，正好空出一面。如：《卖·花·女》

女因救困珠甘卖；
花为惊寒蕊不开。

11. 双钩格：题目为四个字，分别嵌入上下联的首尾处。如：《太·常·仙·蝶》

常圆月照花间蝶；
太古云藏洞里仙。

12. 鼎峙格：题目为三个字，分别嵌入上联首尾和下联第四字，或嵌入下联首尾和上联第四字，形成三足鼎立之势。如《满·江·红》：

江湖垂白才名满；
花叶题红丽句传。

13. 鸿爪格：题目为三个字，分嵌入两句中，但不能相连。如《花·带·门》：

妃整花冠居海上；
僧留玉带镇山门。

14. 辘轳格：题目为两个字，所嵌两字或在上联第一位，下联第二位；或上联第二位，下联第三位。以此类推。如《镂·车》（一二辘轳）：

镂石泉穿秋藓碧；
停车云拥晚枫红。

15. 卷帘格：和辘轳格相反。如《穿·青》（四三卷帘）：

铁砚磨穿书盖世；
珠帘青入草盈庭。

16. 云泥格：题目为两个字，一字嵌于上联第二字，一字嵌于下联第六字，寓意为云为天之下，泥为地之上。又因形如鹭鸶站立，两爪一立一蜷，也称“鹭拳格”。如《幽·谷》：

寻幽岂怕逢山雨；
探胜自甘冒谷风。

17. 碎锦格：又叫“碎流格”，把两字以上的诗钟题目，分散嵌在上下联的任意位置，题字一般不得相连。

如题为三字的碎锦格《天·地·人》：

鸡踪踏地斜书个；
鲤尾朝天倒写人。

18. 晦明格：题目为两个字，一字明嵌，一字暗点。如《园·争》：

祖鞭未许争先着；
庾赋何妨擅小称。

晦明格诗钟兼有嵌字联和谜语联的特点。另外，还有流水格、押尾格、折腰格等格式。

“咏物”诗钟，可分为“合咏格”和“分咏格”两种。

19. 合咏格，即上下联共同写同一个主题，句中字面上一般不得出现题字。为了增加难度，往往还要兼用嵌字格。如合咏萤，限墙字韵：

徒怜腐草埋幽砌；
欲趁飞花过短墙。

20. 分咏格，即随意拈取绝不相干的两个事物，分别作为上下句所咏的内容，只能檃栝暗示，不能明点题字。如《凉棚·申报》：

阴阳舒卷长绳里；
欧亚纵横乱纸中。

二　集联

集联包括集字和集句，是对联创作的一种手法，但因为乐于此道者众多，且传世作品数量极大，所以也就成了一个以创作手法命名的对联种类。

因为对联文体本身就包含了谐巧性的特质，所以集句联在对联中则可以算是品格较高的种类，如赵曾望《江南赵氏楹联丛话》所载彭玉麟题泰山和端方题黄鹤楼的集句联：

彭雪琴大司马登岱一联云：“我本楚狂人，五岳寻山不辞远；地犹邹氏邑，万方多难此登临。”跌荡苍凉，用成语如己出，久已推为绝唱，比诸黄鹤题诗矣。

近闻端午桥中丞重修黄鹤楼，制一联曰：“我辈复登临，昔人已乘黄鹤去；大江流日夜，此心吾与白鸥盟。”集古自然，亦不失为遒峭也。

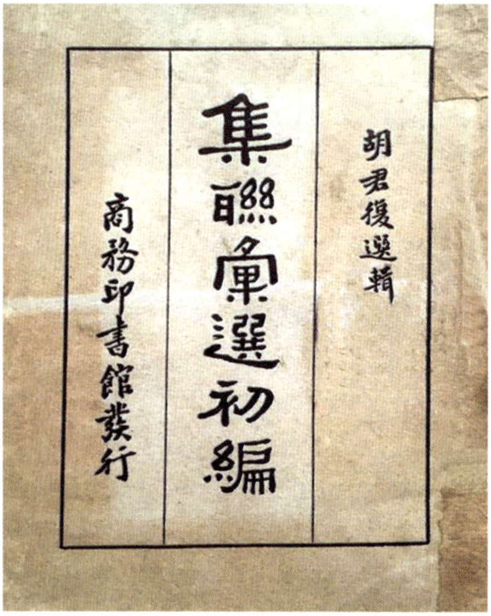

图5-3　民国胡君复《集联汇选初编》书影

像这类大家手笔所集联句，正所谓雄视千古，自成格调；不着一字，尽得风流。但在集句联发展过程中，也出现了两种趋势，一是由集诗词文句向集俚语谚语等俗文学发展，二是大量作者倾力于集句联创作，并不是为了抒情、写景以及任何民俗实用，纯粹为集句而集句，创作出数量极其庞大的作品，比如《中国对联集成》（8卷）所收集联数量达到三万六千对以上。根据这种现实，只能把“集联”当成一种独立的对联分类，并且整体归之于谐巧对联之中。当然，对于个别的有明确用途和标题的集联，则可归入其用途所在的类别中。

1. 碑帖集联

把一个碑帖中原本互不相干的单字组合成一副联语，称为集字联或碑帖集联。集上古文字中“集甲骨文”“集石鼓文”较多，汉碑中，曹全碑、樊敏碑、衡方碑、华山碑、孔庙碑、礼器碑、鲁峻碑、史晨碑、夏承碑、校官碑、乙瑛碑、张迁碑、石门颂、西狭颂等，均有大量的作者进行集联，如《中国对联集成》（8卷）中收录各家集石门颂联，即达660多副。另外，魏晋南北朝碑刻如爨宝子碑、经石峪金刚经、郑文公碑等，也都有大量集联。

在所有集碑帖对联中，以集王羲之《兰亭序》字为对联，是最为典型且数量最多的一类，有时简称为集兰亭或集禊帖，《中国对联集成》（8卷）共收录各家集兰亭对联达1500多副。

因特定碑帖中字数所限，集碑帖联一般都是短联，达到文理通顺已属不易，有时还要靠汉字的通假来解决，所以这类对联并不适合自由地抒发个人情感。

图5-4　《兰亭序》集联

最后，集唐代碑帖中，《集字圣教序》《瘗鹤铭》等很多作品，但更多的是集颜真卿碑帖的联语，像《多宝塔碑》《九成宫醴泉铭》《争座位帖》等都有大量集联，兹举何绍基集争座位帖的一副长联为例：

行路有何难？我曾从天柱、九嶷、三涂、太室、紫阁、终南，直到上京王者地；

得师真不易，所愿与高堂、二戴、安国、子长、相如、正则，同依东鲁圣人家。

2. 集古文句联

集古文联出现较早的是集四书语，多为集四书中的短语为一对，如“浮于海；浴乎沂”“敏而好学；乐以忘忧”“苍苍者天之正色；荡荡乎民无能名”。严格来说，这种偶句几乎不能算在集句联甚至对联文体中，因为早在对联文体形成之前，为了方便士子写作八股文，市面上就有把四书中可以对偶的词和短语详加罗列而编成的类书。这些偶句和对子，只能看作写作骈体文章的材料，谈不上是独立使用的对偶句。当然，若是名家作手来集，从四书中也一样可以集出典雅大气的对联来，如：

好学近乎智，力行近乎仁，知耻近乎勇，求在我者也，可与入德矣；

富贵不能淫，贫贱不能移，威武不能屈，吾何畏彼哉，若将终身焉。

除四书外，集《易林》《文心雕龙》《诗品》和《文选》的联语数量较大，佳作也颇多。集古文为联最为成功的作品，要推伊秉绶题扬州平山堂联：

衔远山，吞长江，其西南诸峰，林壑尤美；

送夕阳，迎素月，当春夏之交，草木际天。

“衔远山，吞长江”出自范仲淹《岳阳楼记》，“其西南诸峰，林壑尤美”出自欧阳修《醉翁亭记》；“送夕阳，迎素月”出自王禹偁《黄冈竹楼记》，“当春夏之交，草木际天”出自苏轼《放鹤亭记》。全联一气呵成，犹如己出。

3. 集诗句联

集诗句以为对联，首先要说的是集诗经句，其实为集汉魏六朝诗句，这两种各有一些传世的作品，特别是专门有一类集陶渊明诗文为对联者，形成了一个术语，称为“集陶”。

集句联中以“集唐诗联”作品存世量最大，《中国对联集成》(8卷）收录的集唐诗对联就达6500多副，集宋诗联数量也较多，其中有专门集杜甫诗的称为“集杜”，专门集苏轼诗的称为“集苏”。此外，集清诗的也有一定数量，其中较为突出的是专集龚自珍诗为联，称为“集龚”，当代女作家冰心在《我的童年》一文中曾回忆：

> 一九二四年我在美国养病的时候，曾写信到国内请人写一幅“集龚”的对联，是：“世事沧桑心事定；胸中海岳梦中飞。”

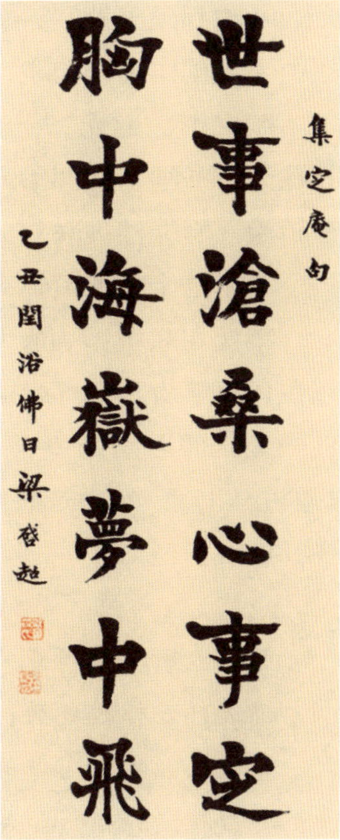

图5-5　梁启超书集龚自珍诗句联

4. 集词句联

词又称为长短句，与对联的句式更接近，所以集词句为联更贴合对联文体的本色。宋代是词的巅峰时期，清代虽有所复兴，但成就远不及宋代，所以集词句为联，只有少数集清词者，其余基本是集宋词。梁章钜《楹联丛话》卷十一“集句（集字附）”收录了大量集诗文句对联，但并没有集词句联，这说明集词联出现相对较晚。吴恭亨《对联话》载有何绍基的一副集词句联：

何蝯叟集词句题西湖游舫联云：“双桨来时，有人似桃根桃叶；画船归去，余情付湖水湖烟。”绮丽得未曾有。

晚清到民国期间，有几位集词句联的作者格外引人注目，他们集中大量创作集词句联，且水平高，社会影响也较大。

顾文彬，道光二十一年（1841）进士，于1873年修建了云楼，收藏天下书画，筑“怡园”，集宋词为联题于园内。后又将176副联语辑为《眉绿楼词联》一书。

清末进士林葆恒辑有《集宋四家词联》，收录联语179副。

集词句联中影响最大的，还要数近代史风云人物梁启超，梁启超在1924年为北京《晨报》所写的《苦痛中的小玩意》一文中，说他一边陪伴卧病的妻子，一边读《宋六十家词》《四印斋词》和《彊村丛书》，然后选好句子集成一副副对联，总数有二三百副之多。他说：

我所集最得意的是赠徐志摩一联：“临流可奈清癯，第四桥边，呼棹过环碧；此意平生飞动，海棠影下，吹笛到天明。”此联极能表出志摩的性格，还带着记他的故事：他曾陪泰戈尔游西湖，别有会心，又尝在海棠花下做诗做个通宵。

我又有赠蹇季常一联：“最有味，是无能，但醉来还醒，醒来还醉；本不住，怎生去，笑归处如客，客处如归。”此联若是季常的朋友看见，我想无论何人，都要拍案叫绝，说能把他的情绪全盘描出。

邵锐，字茗生，1905年出生，浙江杭州人，北京通才商业学校毕业，曾任北京故宫博物馆古物馆科长。邵锐一生文名并不显著，但他在1925—1930年，陆续集宋词联达3000多副，编为《衲词楹帖》。兹举一副17言联为例：

平生酷爱渊明，秋草窗前，菊老松深三径在；

乐府直追欧老，春风湖外，月笛烟蓑万事休。

上下联的六个分句，分别出自刘克庄《水龙吟》、晏几道《采桑子》、晁端礼《满江红》；李吕《朝中措》、孔平仲《千秋岁》、陆游《南乡子》。

5. 其他集句联

除了集古文句、诗句和词

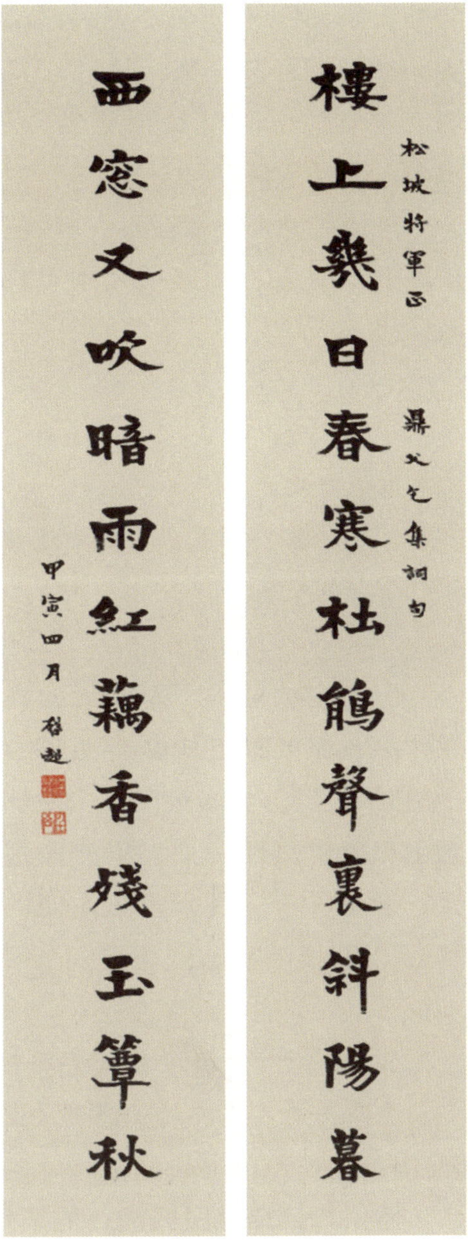

图5-6　梁启超集宋词联

句外，集句联还存在着更为广泛的内容，如集佛经联、集俗语联、集谚语联、集歇后语联以及集地名、药名、戏名、牌匾名联等。

集佛经语句为联语，一些题寺院楹联偶尔有之，如集《金刚经》的佛教楹联：

无我、无人、无众生寿者，皆以无为法；

如露、如电、如梦幻泡影，应作如是观。

但要论数量多、影响大的集佛经联作品，还要数近代弘一法师的《华严集联三百》。1929年，弘一法师为纪念生母七十冥诞，“集华严偈缀为联语，手录成册。冀以善巧方便，道俗利生。”联语内容如：

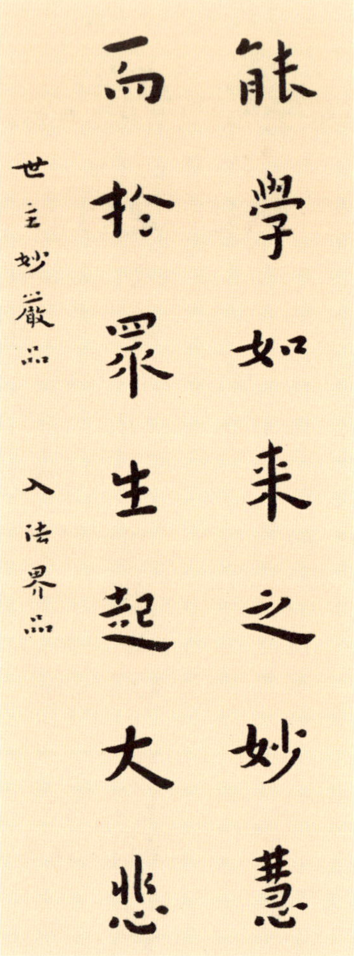

图5-7　弘一对联手迹

能学如来之妙慧；

而于众生起大悲。

俗语和谚语是民间流行的语句凝练内涵丰厚的短语，集俗语、谚语为联，也有人专门进行创作或收集，如平襟亚《才子巧对菁华》中的“俗语巧对”：

清官难断家常事；
好汉不吃眼前亏。

男大须婚，女大须嫁；
虫多不痒，债多不愁。

再如，集歇后语为联：

牛鼻子穿环——牵着走；
马尾巴搓绳——合不来。

集某一地域的地名为对子，这类著述也有不少，如清代巴哩克杏芬《集京师地名对》，纯以北京地名集得近千个巧对。汤春生《文章游戏》中有“杭州地名对”78对。另如南京、岳阳、曲阜等地名对也都有专门创作。如“南京地名对”中的“凤游寺；虎踞关”“桃叶渡；莲花桥”余皆类此。

结　语

巧对和巧联，是把汉语言文字的特点发挥运用到极致的一种体裁，虽然这些作品有时并不承担什么思想主题，但其本身就是一种趣味，一种智慧和一种文化。可以说认识一定数量汉字的人，都会是巧对的爱好者和传播者。巧对虽然是对联中最为原始和低级的类别，却也是对联获得的持久和旺盛生命力的根源之一。

巧对是个悠久的和相对独立的文化传统，明代以前，这些巧对只是散见于各类笔记杂录之中，并没有单独成书。进入明代后，在对联文体逐渐成熟的过程中，巧对以及趣联的积累渐多，于是在正式的对联集出现之前，巧对趣联的图书就率先出现。李开先于明嘉靖年间出版个人联集，陈德安为其所作跋语中说："近世坊间所刻对句不下数十种，往往皆以'巧'名，彼岂不自知其弗巧耶？然而必以'巧'名者，欲其易售耳。"明万历年间话本小说类的通俗类书中，有几种包括了巧对趣联的章节。如《绣谷春容》卷十二《奇联摭萃》载有巧对故事 26 则。《燕居笔记》卷六上《新编百家金声巧联》，载有巧对故事 30 则，《万锦情林》中的《联类》载有巧对故事 30 则，以上故事多为宋代到明代中早期知名人物的口头巧对，且各书之间重复的较多。清初钱德苍《解人颐》卷九所载《玉堂巧对》，收录名人巧对 114 则。而清初汪升撰《新镌评释巧对》共计 18 卷，收录各类巧对 500 余副。梁章钜在编纂《楹联丛话》后，又于 1842 年编辑出版《巧对录》8卷，其子梁恭辰又编《巧对续录》2 卷，再后梁章钜的《浪迹丛谈》卷七又收有《巧对补录》。梁氏父子的"巧对录"系列，为我们集中保存大量古代巧对。民国时期，又有上海松江人雷瑨所辑《文苑滑稽联话》（二卷），内容计 439 条；浙江会稽人范范所辑《古今滑稽联话》，内容计 367 条；江苏苏州人董坚志所辑《新编绝妙滑稽联话》，内容计 380 条。以上三书保存了晚清及民国前期大量的趣联、巧对资料。

第六章　传播发展

对联在汉语地区发展到鼎盛之后，也对少数民族的语言文字产生了一定的影响，出现了一些少数民族文字对联，这些“对联”虽然不能完全上升到对联文体的高度去鉴赏和评判，但这一现象却是对联文化的一个重要组成部分。同时，对联文化也波及被称为“汉文化圈”的东亚广大地区，并被华人带到了欧美等地。从发展角度讲，近四十年来，中国大陆的对联文化呈现出持续升温的态势，由于楹联组织的巨大作用，其繁荣程度已经超过了基础原本很丰厚的台湾地区。

第一节　非汉语对联

中国是一个多民族国家，在汉文化占据主流的同时，也还有一些少数民族存在着自己的语言和文字，并用这些文字创造出了灿烂的文化。在1949年以前，我国有21个少数民族有自己的文字，如蒙古文、藏文、维吾尔文等。少数民族文字多为拼音文字，但也有少数的音节文字，如白族、侗族等受到汉文化的影响很深，他们对汉字进行改造，来书写本民族和地区的语言，从而形成了属于本民族的汉字型文字。以汉语言文字为载体的对联文化兴起并得到极大的普及之后，通过民族间的文化交流和融合，也慢慢影响到了部分少数民族文字，并产生了一些以这些文字为基础的“少数民族文字的对联文化”。

少数民族文字对联，是以少数民族文字对汉语对联形式和对联习俗的一种模仿，更多的是在文化意义上，因为没有了汉字的基础，所以很难从文体的层面上去要求这些少数民族文字对联的形式规范。

一　阿拉伯文对联

阿拉伯文对联是伊斯兰文化与汉文化相融合并主动汲取具有广泛影响的汉语言文艺形式，用于诠释经义的产物。本来阿拉伯文是横向书写的拼音文字，并不适合表现对联这一文艺形式，但回族人民运用其智慧，不仅使阿拉伯文书法演变成为类于汉字的书法，而且在表现形式上也完全借鉴了汉文化中的匾额、对联、中堂等形式。余振贵在《略论回族文化的内涵》中说：

> 如用阿拉伯文书写的对联，将长短不齐的阿拉伯文分别按一定的结构，疏密对称地分配到每个斜写的“方块字”中去，形成了形式是汉文化的对联，文字是阿拉伯文，内容是伊斯兰教经文的艺术品。在这里，伊斯兰文化及中国传统文化的交融几达化境，真可谓别有一番风韵。

图6-1　西安化觉巷清真寺的阿拉伯文对联

二、白文对联

白族很早就开始借用汉字来记录白语，至公元9—10世纪，又通过增减汉字笔画或复合原字等形式，创造了一种汉字系文字——白文，历史上称“僰文”，现在称“老白文”或“古白文”。

白族用白文记述历史，创作文学作品，留下了一定数量的白文古籍，大致有白文经卷、白文史书、白文祭文和白文对联等。至于白文对联产生的年代，目前还缺乏任何的史料和实物来进行判定，应该是晚近受汉语对联以及民俗影响的产物。

用老白文书写的对联，如：

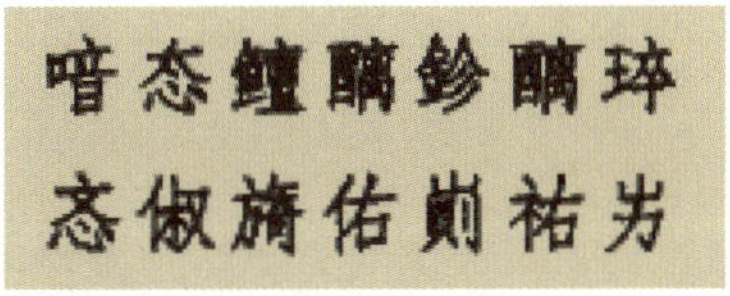

图6–2

联语内容的汉译为：“吃糍粑粘嘴粘舌，烧棘材刺手刺脚。”应该是民间谚语类的对联。

由一批语文专家于1958年创制的并于1982年修改的拉丁字母形式的白族文字，被称为“新白文”。完全用“新白文”记录白语对联，也可以算是少数民族文字对联的一种形式。除了以上两种纯粹以少数民族文字书写的白文对联，根据当代对联学者余德泉先生的观察，白语对联的表现方式，还存在着用汉字记录白语读音书写、使用汉字和记录白语读音的汉字混合书写、使用汉字与新白文混合书写以及用新白文给汉字对联注音书写这四种方式。用汉字记录白语读音的对联如：

则打漠窝褒，

古盖塞由母。

汉译为："贼偷窝家公，鬼捉师娘婆。"

三　东巴文对联

东巴文是居于西藏东部及云南省北部的少数民族纳西族所使用的文字，其文字形态十分原始，是一种兼备表意和表音成分的图画象形文字。东巴文有1400多个单字，词语丰富，能够表达细腻的情感，能够记录复杂的事件，亦能写诗作文，所以被誉为"世界唯一存活着的象形文字"。

东巴文对联的早期资料，也都是口头相传，缺少实物的佐证。喻遂生《纳西东巴文应用性文献的语言文字考查》一文载：

> 据和力民先生记载，贵峰大东巴和民奎，"每逢春节或其他喜庆节日，他喜欢用象形文字写对联，贴在自家门口，其内容多属妙语警句，村里老幼皆可诵而不忘。"

1985年春节前夕，丽江东巴文化研究所的和云彩先生撰写了一副东巴文春联，张贴于研究所的大门上，内容为：

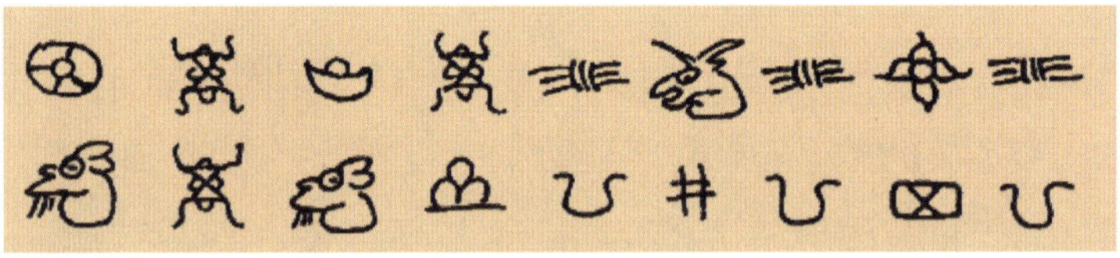

图6-3

汉译为："新日迎新月，迎来福泽；新年除旧岁，除去病灾。"

随着丽江旅游业的大发展，东巴文对联被开发为旅游纪念品，赠送和出售给国内外宾客，所以，近几十年来获得社会的广泛关注。

四、满文对联

满文是由努尔哈赤在明万历二十七年（1599），命大臣额尔德尼和噶盖二人在回鹘式蒙古文的基础上创制的，1632年，皇太极又命大臣达海改进，至今已有四百多年的历史。满文属于拼音文字，却是以词为单位竖向书写，这与传统对联的书写方向是一致的，所以很早就用于对联的书写。沈阳故宫博物院院长武斌于2009年春节前接受新华社记者采访时，介绍了清代皇宫春联的形制：

> 春联不是用红纸，而是用白纸或白绢书写，蓝边包于外，红条镶于内。书法最初用满文，清中叶后改用汉字。

国家图书馆藏有一部清代善本图书《满文对联》，当代民间的

图6-4　云南省博物馆藏的东巴文对联

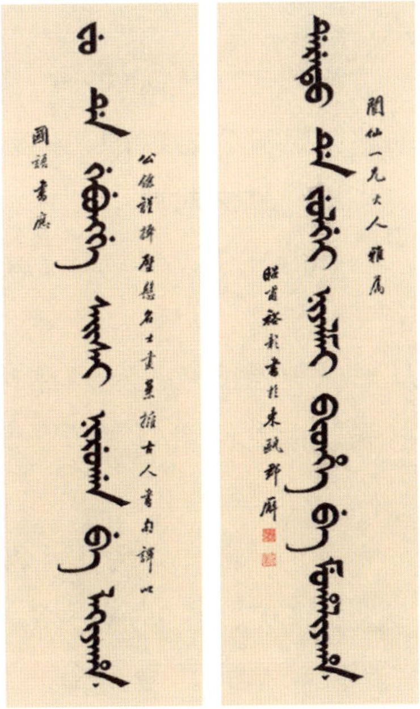

图6-5　满文对联

一些古村落建筑上，也有一定数量的清代满文对联作品。

浙江金华市曹宅镇龙一村清嘉庆十三年（1808）进士张作楠的家族宗祠中，二进和三进内分别有一副满文楹联，经翻译，联文内容为：

诸葛一生唯谨慎；
吕端大事不糊涂。

另外一联的内容为：

子弟入孝出悌；
贤杰行义居仁。

当代东北地区的一些满族聚居地，每年春节仍有以白纸或红纸书写张贴满文春联的习俗。

五　彝文对联

彝族主要分布在云贵川以及广西等地，拥有自己的传统文字——彝文，旧称“爨文”“夷文”等。彝文是一种表音的音节文字，从形体上看很像汉字。在彝族地区的古墓碑刻中，曾发现有彝文的墓联。据龙倮贵《试析彝文文献载体形制及其书法艺术》一文载：

> 云南省武定县彝族那氏祖茔，清乾隆四十三年（1778）刻立墓碑，有4句彝文墓碑对联，分内联和外联，外联为“从古同宗相扶持，如今全族重思德”，横批为“事理如此”，内联为“敬神心地良，行善神庇佑”。

图6-6 彝文对联

从这些联语内容上看，只是略具对偶意识，可视为对汉语墓联和碑联习俗的模仿。到了当代，彝文春联应用较多，从新闻报道中，时有所见。

六、八思巴文对联

八思巴文是元朝忽必烈时期由“国师”八思巴创制的蒙古文字，属于拼音文字，字母脱胎于古藏文。青海湟中县的塔尔寺中，就有十几处用八思巴文书写的藏文对联。甘肃永登县连城镇的妙因寺，也发现了三副用少数民族文字书写的古代楹联，经相关专家辨识，被确定为八思巴文楹联。妙因寺主殿为多吉羌殿，殿门楹联为：

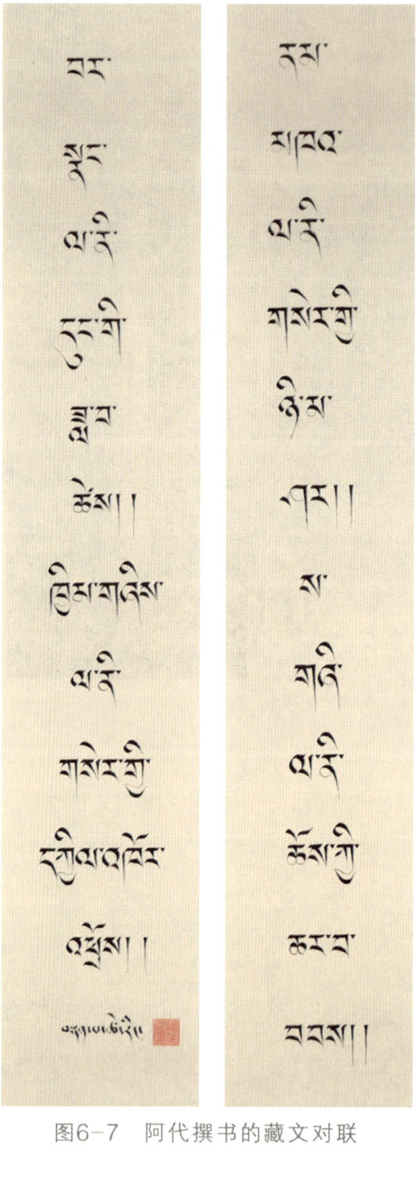

图6-7　阿代撰书的藏文对联

昙花着雨龙归钵；
贝叶翻风虎听经。

除上述几种文字外，有关其他少数民族文字对联的资料也偶见于报道中。值得一提的是，在当代复兴传统文化的大潮中，各少数民族文字与对联文化相融合的尝试，在各地不断有新的成果出现，如在甘肃省甘南藏族自治州舟曲县举办“一带一路”中国楹联文化翠峰山高峰论坛期间，当地文化部门举办了一场“舟曲楹联文化专题展览”。展览中就包括一些新创作的“藏文对联”，如这副对联作者为“阿代”的藏文对联，其汉译为：

善恶于心须判别；
仁良在己要勤修。

第二节　海外联踪

中华文化源远流长，特别在经历了唐宋的辉煌之后，更加奠定了在东亚地区主流文化的地位，成为那一历史阶段中观念、制度和文艺等领域毋庸置疑的先进文化，影响辐射到被称为“汉文化圈”的广大地区。到明清时期，在周边地区仍拥有许多名义上或实质上的藩属国，在中国兴起并迅速繁荣的对联文化，也顺理成章地流传到这些国度里。近代以来，当“天朝上国”的幻梦被欧风美雨所打破之后，大量华人走出封闭的国门，漂流到了世界各地，他们也把包含对联文化的中华传统文化带到了世界的每一个角落，可以说，有华人的地方，就会有对联文化的影子。

下面分别介绍对联文化在海外发展和流传的情况。

一　琉球国

琉球王国是曾存在于琉球群岛的封建政权，琉球于1429年建立起统一的琉球王国，其国王被明朝册封为琉球王，并按照明朝的典章制度隔年进贡。1663年，康熙册封琉球，从此琉球开始改用清朝年号，向清朝纳贡。此后百余年，琉球不断遣使进贡，历任琉球新王即位时都要遣使请封。

由于清代是对联文化的鼎盛期，加之历次出使琉球国进行册封的清朝官员也都擅长制联，所以对联文化也很快在琉球国扎根。清代《楹联丛话》《楹联述录》以及民国《对联话》中均有一些关于琉球国对联的记载，但以晚清朱应镐的《楹联新话》记载得最多最详尽，兹从中选录部分联作：

那霸城为琉球王国的首府，清朝册封官员所居之地，称为“天使馆”，馆中仿清朝官廨的建筑规制，康熙年间，册封琉球国正使汪楫为屏门题写了对联：

帝德著怀柔，正朔万年颁上国；
臣心表忠信，南风三日到中山。

嘉庆四年册封正使赵文楷和副使李鼎元，乾隆二十一年册封正使周煌，同治五年册封正使赵新、副使于光甲，道光二十四年的册封使高人鉴等，均有为“天使馆”所题的对联。

福建侯官的林筱民，同治五年曾随赵新、于光甲册封琉球国，曾记录下琉球国很多祠庙中的对联，计有龙神庙联、蔡端明祠联、中山先王庙联二副、善兴寺联二副、东禅寺联、龙渡寺联、临海寺联二副，三光院联等，联语均为赵新、于光甲二人所题。如龙神庙联：

合长江大河而注诸海；
能兴云致雨是谓之神。

自明末开始，琉球同时也成为日本的藩属国，至1879年日本吞并琉球国，置为冲绳县，琉球王国最终覆亡。

二 越南

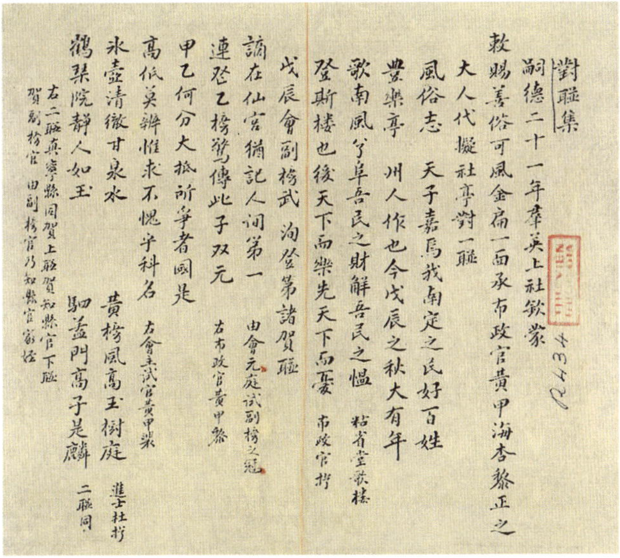
图6-8 越南《对联集》手抄本

越南最早使用的文字，是汉朝时传入越南的汉字，公元6世纪开始盛行在汉字基础上创造的“喃字”，法国殖民时期开始出现拉丁化的拼音文字，1945年后以拼音文字“国语字”为官方文字。汉字、喃字和国语字书写的对联在越南都有存在。越南文化深受汉民族文化的影响，越南对联文化历史悠久，积淀丰厚，氛围浓重，可以说是除中国之外对联文化最为盛行的国度。

越南国家图书馆中藏有两部手抄对联集，均无书名，各抄为上下两册，两书共收录对联约二千副，这些联作比较全面地反映了近代越南对联的使用状况。

第一部对联集，卷首对联标题中有“嗣德二十一年”字样，其时应为清同治七年（1868）。该书上册录联334副，下册207副。内容多为庆贺联和挽联，夹杂少量宗祠联，下册中还有一些贺文和祭文。书中每个标题下均有多副联作，如《戊辰会副榜武洵登第诸贺联》收录15副，《本省布政使黄甲黎大人丧次诸挽联》收录65副。此书联语整体水平较高，一般均有作者姓名，可以看出这些作者汉学功底极为扎实，如上册中署名《河内副榜阮方亭》的挽黄甲黎联：

浮世若梦然，卿相公侯还一夕；
不朽者名耳，文章科第即千秋。

再如下册《行善社礼部尚书邓大人挽集》中，署名《进士尚书致仕云池杨珪》的挽联：

公真为出世仙，历红羊尘劫几回，成此修龄，芳菊秋深存旧径；
仆近得归山趣，忆司马耆坛故事，未开胜会，扁舟南下谒先生。

这类联作，即便放到同治年间国内联家的集中，也要算是水平相当高的精品。

图6-9　越南河内文庙对联

第二部对联集，抄录的字体较平庸，下册《神祠对联》中有“保大拾壹年贰月贰拾日”字样，其时已是1936年。该书上册录联1362副，下册仅录91副。内容近于坊间所刻实用对联集，下册中甚至还有大量咒语卦象类的文字。该书下册多为佛教对联，上册则门类繁多，如“上寿对”“新家对”“喜事对”“神祠对”“文庙对”“圣母祠”“佛联”“祖堂对”“醮事对”“先祖对”“游春对”“元宵”“闲居”“孝堂”等，个别的联语甚至与中国流行的实用对联一字不差。兹举其“上寿对”（寿联）中的一联：

福禄厚吾生，彭祖何人也，乔松何人也；
伴奂颐尔性，无怀之民欤，葛天之民欤。

时至今日，越南的对联文化遗存也十分丰富，这体现在两个方面，一是现存越南各处寺庙中悬挂的大量汉字和喃字对联，二是千家万户应用着的汉字或国语字的实用对联。

越南受儒学影响较深，同时汉传佛教也很兴盛，道教的一般民间祭祀也与中国类似，而与儒释道相关的各种寺庙中，都有大量的对联存在，如河内文庙中悬有楹联40副，

河内真武观有汉文对联29副，胡志明市最古老的寺院觉林寺中共有楹联86副。如河内真武庙拜堂联：

千百年遗像俨崇高，虎怪狐妖，仗法力驱逐，烟云四散；
六七里平湖流爽灏，莲香竹影，藉神光点缀，风月双清。

联语落款：“成泰癸巳，尚书充北圻经略衙商佐，阮克炜拜题。”

关于民间对联习俗在越南的传承和发展，的确是不少人家里都挂着汉字书写的中堂和对联，春节也同样有书写张贴春联的民间习俗等。

三　朝鲜

汉字在公元3世纪传入朝鲜半岛，被当作官方文字使用了千余年，1446年朝鲜第四代国王世宗大王李裪创造了朝鲜语文字——谚文，但汉字的影响力仍然巨大。朝鲜的对联文化历史悠久，早在北宋年间，徐竞出使高丽国，著有《宣和奉使高丽图经》一书，在说到当时的开京（今开城）城门时，记录了广化门上的春帖子：

> 广化门，王府之偏门也，其方面东而形制略如宣义，独无瓮城，藻饰之工过之，亦开三门，南偏门榜仪制令四事，北门榜周易乾卦繇辞五字，仍有春帖子云：“雪痕尚在三云陛，日脚初升五凤楼。百辟称觞千万寿，衮龙衣上瑞光浮。”

这说明宋代七言绝句的春帖子习俗也流传到了朝鲜，如果我们把春帖子习俗视为春联习俗的直接源头，则春联的形成过程，也存在着朝鲜与中国是同步发展的可能性。毕竟当时两国在文化上几乎是一体的。

图6-10　朝鲜平壤练光亭对联

明代中早期对联文体正式诞生，巧对的传统也更为发扬光大。目前明朝时期朝鲜对联习俗方面的资料还不曾见，但明代冯梦龙《古今谭概·谈资部·唐状元对》以及梁章钜《巧对补录》均载有朝鲜国王出句、明代使节对句的巧对故事。

清初刘廷玑《在园杂志》载：康熙六十大寿时，朝鲜使臣至京贺万寿，有一联云："河清适际千年一；嵩寿齐呼万岁三。"莫谓异国遂无奇才。

现在的朝鲜和韩国都存在着一些对联文化遗存，包括亭台寺庙对联以及民俗实用春联等。

平壤市中心大同江畔的练光亭，亭柱内侧有七言联：

长城一面溶溶水；
大野东头点点山。

韩国首尔旧皇宫景福宫玉壶楼的一副对联：

天门日射黄金榜；
春殿晴熏赤羽旗。

图6-11　韩国首尔景福宫对联

韩国也有贴春联的习俗，春联在韩国被称为立春榜、立春书、立春帖等。韩国春联有三个显著的特点：一是受中国古代春帖子的影响，仍有在立春日张贴的习惯。二是朝鲜族与满族一样尚白，所以其春联也与满族传统春联一样是白纸黑字。三是朝鲜春联多呈八字状，对称斜贴在两扇门上。

四　日本

日本与中国是一衣带水的邻邦，5—6世纪，汉字和汉文化传入

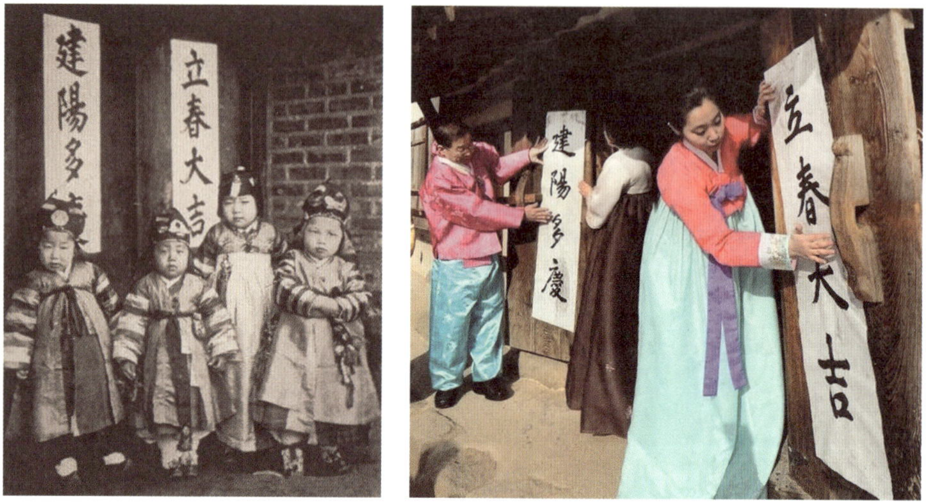

图6-12　韩国春联

日本，至8世纪始创造出自己的表音文字——平假名和片假名。隋唐之后，日本开始大规模接受汉文化，全面学习大唐的制度和文化，儒家文化和佛教文化都十分盛行，于是很多寺院中都悬挂着对联。19世纪60年代，通过“明治维新”迅速崛起，大量接收来自中国的留学生等，于是中国人居住的使馆、会馆等建筑，也有一些对联的使用。

日本最具中国文化特色的庙宇是圣贤崇拜类的孔庙、关帝庙以及一些民间祭祀的神祇庙宇，这些场所一般都有一定数量的对联，如北海道最南端的函馆市有一座关帝庙，有清末状元张謇的题联：

三山令在人间，神之来兮，弱水千寻迎节仗；
五月每逢诞日，民有过者，清泉一掬荐蒲花。

日本各个城市中中国公使馆及中华会馆中有不少精彩的联语，

图6-13　日本长崎新地中华街对联

如黄遵宪曾有一副题东京清朝住日本公使馆联：

放眼楼头，看海水南流，夕阳西下；
寄怀天末，咏京华北望，零雨东归。

神户的中华会馆中有晚清重臣李鸿章所题的对联：

中外共车书，犹闻周代礼存，孔庭乐在；
春秋良宴会，正值尧时日出，洛邑风同。

佛教由唐朝传入日本后，得到了发扬光大，日本现存七万五千多座寺院，其中的一些古老的寺院中，就存有一定数量的对联。据说

图6-14　日本东京浅草寺对联

仅日本京都的万福寺就有楹联56副。日本长崎有17世纪当地华侨捐建的四大寺庙——兴福寺、福济寺、崇福寺、圣福寺，合称为“唐四福寺”。长崎四座寺院中的楹联多达55副。如长崎兴福寺山门联：

鸾回天柱拥晴云，万国欣同载福；
龙护瑶窗观浴日，十洲喜不扬波。

五　南洋

南洋是明清时期以中国为中心的地理概念，大致包括除今越南北部的所有东南亚国家，主要有新加坡、马来西亚、泰国、印度尼西亚、菲律宾等国。明末、清朝和民国时期，大量中国人去东南亚经商、打工，乃至迁徙到各个国家，自然也带去了包括对联文化在

图6-15　新加坡南海娘娘庙对联

内的中华传统文化，所以，南洋地区的对联文化基本上都与华侨的社会活动及生活有关。

1. 新加坡

新加坡境内寺庙林立，这些寺庙中都有很多的楹联悬挂。

如始建于1839年的天福宫是昔日航海者必到之地，宫内正殿供奉天妃（妈祖），东侧祀关帝君，西侧祀保生大帝，后殿祀观音大士，正殿有联云：

惟神拯航海千百国生灵，庙宇宏开，藉与三江联旧雨；
此地为涉洋第一重冲要，帆樯稳度，又来万里拜慈云。

新加坡华人会馆和社团众多，如永春会馆成立于1867年，有于右任题联：

永峙星洲，面临碧海；
春回南国，人羡桃源。

华人第宅对联也有很多，如郁达夫抗日战争期间曾为胡文虎、胡文豹兄弟所建的虎豹别墅题写过一联：

爽气自西来，放眼得十三湾烟景；
中原劳北望，从头溯九万里鹏程。

在民俗层面上，新加坡在欢度春节期间，也有张贴春联的习俗。

2. 马来西亚

马来西亚华人坚持华文教育，办有华文报刊，在语言和习俗等方面坚守着其固有的文化。马来西亚华人建有大量中华传统的祠庙，也配有大量的对联。

如于右任为槟城关帝庙题联：

忠义二字，团结了中华儿女；
春秋一书，代表着民族精神。

还有不少华人会馆、公会、宗祠等处，也有大量对联，如沙捞越古晋市潮州公会联：

图6-16 马来西亚马六甲青云亭对联

百年怀往绩，先人栉风沐雨，克勤克俭，只为子孙着想，总冀安荣垂久远；

一岁庆新邦，此日经武修文，同心同德，有何乡族成见，共求富强致太平。

3. 菲律宾

菲律宾华人多信奉佛教，有不少寺院楹联，如马尼位宝莲寺联：

宝气到来无，一路风光须细认；

莲花开也否，个中消息只君知。

菲律宾华人宗亲会、公会、宗祠较多，也有不少的对联作品，如位于菲律宾首都马尼拉的许氏宗亲总会大厅对联：

祠庙开南邦，春禴秋尝，克保神州矩矱；
子姓衍异域，藟根葛茈，弘扬太岳家声。

另外，在华人的公墓和个人墓地也有很多墓联，其中有些写得很有神采，如吴国栋墓联：

大让追贵风，此老生平唯好善；
青山帐瘗旅，斜阳古道独伤神。

4. 泰国

泰国佛寺是泰人的社会活动中心，在一些佛寺中，悬挂有许多楹联。如龙莲寺是曼谷现存历史悠久的中式禅院，由中国禅宗名僧续行于清朝同治辛未年（1891）所建。山门的对联为：

龙势飞腾地；
莲灯照耀天。

落款为：大清光绪五年，住持续行敬题并书。

泰国华人的一些机构和第宅也有不少的对联，如泰国最大的民间慈善机构是华侨报德善堂，其中就有不少对联，兹举一例：

大道证人天，浑结善果；

峰峦拥海甸，护迪苍生。

5. 印度尼西亚

雅加达华侨公会，前身为“客属总义祠”，又称“百氏祠”，祠中有柱联两副，为清代蕉岭县廪生、印尼华侨钟升元先生所撰：

义关桑梓，家隔海天，万里梅花问消息；
祠祝千秋，堂联百氏，一龛香火结因缘。

义原重于首丘，想昔时航海梯山，手泽绵延，八千里外成群庙；
祠皆祖乎皇帝，看今日分支别派，心香瓣祝，五百年前共一家。

除以上几个国家外，世界其他国家或地区，只要有华人聚居的地方，总会有对联文化的身影，特别是各地唐人街、华埠以及华人门店，都张贴悬挂着不少的对联，每到春节期间，红彤彤的春联更是成为当地一道风景，所以有人曾经总结说，对联是中国人身份的一项标识，对联文化是中华传统文化的一张名片。

第三节 当代对联

1983年，中央电视台等单位联合举办了“首届迎春征联”，共收到全国各地来稿18万副，这成为当代对联文化复兴的一个信号。紧接着，中国楹联学会于1984年11月成立，成为对联文化进入复兴期的一个标志。该学会成立后，在收集整理传统对联史料、对联的普及和教育、对联创作水平的提高以及对联理论的研究等方面，做了大量工作，取得了有目共睹的成绩。

对联文化的复兴，主要体现在以下七个方面。

一 对联社团

继中国楹联学会成立后，全国除个别边远地区外的各个省市自治区楹联组织也相继成立，很多市县也成立了相应的楹联组织，初步形成了一个楹联组织网络体系。在当代社会中，团体的力量远超它成员力量的总和，比如精神分析最初只是治疗癔症的一种技术，但弗洛伊德却把它发展成横跨了医学、哲学和社会学的一种文化，然后借助于国际精神分析协会的团体力量，最后终把这种文化融进社会文化的主流，成为人类现代思潮的一块坚固基石。对联也只是最短小的一种文体，但它却与各类文化艺术形式结合，成为一种文化现象，在新的时期，它又得到社会团体这一形式的助推，在极短的时间里创造了令人瞩目的佳绩。

图6-17 《迎春征联集萃》书影

二 征联活动

当代对联文化不同于从前的另一个鲜明特征，就是各种规模的社会性征联活动此起彼伏，这无疑拓展了对联艺术的应用范围，也促进了对联创作的繁荣。这些征联活动包括一些国家大事及企事业单位庆典征联、名胜景区及宗教场所实用性征联、企事业单位实用或广告形象宣传征联、巧对难对的技巧性征联等，其中规模最大的要算中央电视台2002年春节特别节目《佳联趣对贺新春》征联，以及2010年中央电视台春联晚会征联，收稿都达到了50万副。目前，我国每年举办的全国性征联活动多达四百余次，这些征联催生出一批较为专业的对联作者，客观上促进了当代对联文化的繁荣。

三 理论研究

在构建对联学及对联文化学理论方面，明清的对联作者，包括《楹联丛话》《对联话》等联话类著作的作者，只给我们留下只言片语的表达，民国虽然出现过一些《对联作法》类的小册子以及向义、刘大白等人对于对联理论的论述，但还谈不上成体系的对联理论，当代对联理论研究就是在这种低起点的条件下，取得了长足的

图6-18 《中国对联集成（8卷）》封面立体效果图

进步。这些成果体现在常江、余德泉等人的对联学理论建构、龚联寿等人的对联史料整理以及更多的对联理论工作者的研究和论述之中。近几年来，中国楹联学会组织专家整理和制定了《联律通则》，为对联的创作和评选，提供了较为具体的准则。对联文化研究院组织编纂了收联达20多万副的《中国对联集成》（8卷），还整理出版了《名家联集丛编》《近代对联作法丛刊》等。

四　书刊出版

近三十多年来，对联书刊的出版呈现出空前繁荣的景象，据常江先生所编目的对联书中，明清以前联书528种，民国联书598种，1949—1979年联书118种，而1980—2005年联书已达2363种。近十几年来仍处于爆炸式增长之中。在对联报刊方面，有国内统一刊号的《对联》于1985年创刊，并被中国楹联学会作为会刊，之后《中国楹联报》《对联文化研究》等也被列为中国楹联学会会刊。目前，几乎所有的楹联组织都办有自己的会刊，数量有上百种之多。

五　对联教育

对课教育曾是旧式教育的启蒙必修课，清末以来为新式教育所彻底抛弃，随着百余年的新式语文教学实践，教育界的有识之士开始反思对课教育的某些优势，对联界也不断发出“恢复对课”的呼吁，于是楹联界开始与一些中小学及高等院校携手，利用课本教材、课外兴趣小组等方式，开展了对联走进校园的工作。中国楹联学会也开展了多次全国优秀对联教育基地和模范对联教师的评选活动，目前全国对联教育基地学校已有两百多所，而各省市楹联组织也大多有自己的对联教育基地。事实证明，对联教育不仅能与语文教学相辅相成，而且在提高学生综合素养方面也大有功效。

六　传媒合作

中国楹联学会成立之后，极其重视与报纸、杂志、广播及电视等媒体的协作，借助这些媒体的力量使对联文化向全社会扩散。这其中与中央电视台的合作最有典型意义，如 2002 年春节，中国楹联学会与央视总编室合作制作了七集春节特别节目《佳联趣对贺新春》。2005 年又制作了后续节目《奇联妙对贺新春》，在社会上引起了很大反响。同样在 2005 年，学会配合中央电视台春节联欢晚会推出了“新春使者送春联”节目，成为当年春晚一大亮点。2010 年央视春晚设计了出句征对的环节，学会协助进行了出句征集并在节目播出后收稿的 7 天内同步完成 50 万副观众对句的评选工作，得到了春晚剧组及社会各界的好评。其他如与央视七套“周末开讲”栏目合作《话说楹联》节目、与“文化百科”栏目合作《春联》节目，与书画频道合作《兔年话春联》节目等。

七　网络对联

网络可谓当代最强势的媒体，借助互联网的交互性、即时性和海量存储优势，近十多年来网络上自发形成了许多楹联网站和论坛，吸引并培养了一批新生代的楹联作者，成为新世纪楹联文化发展的重要生力军。与此同时，学会因势利导，主动参与到网络楹联文化的活动中来，对网络楹联文化的发展也起到了一定的促进作用。

结 语

文化需要交融和碰撞才有活力，优秀文化也自有其强大的辐射力，对联虽然只是汉语言文字所独有的一种文学艺术形式，但它影响了少数民族语言文字，也涉及全球各地，成为特征最为鲜明的中华传统文化的一张“名片”。同时，当代对联文化的复兴，也是整个传统文化复兴乐曲中一个最为响亮的音符。

参考文献

1.《李开先全集》，卜键笺校，上海：上海古籍出版社，2014年。

2. 乔应甲：《半九亭集》，国家图书馆藏，明天启本。

3. 中国社会科学院历史研究所文化室：《明代通俗日用类书集刊》，重庆：西南师范大学出版社，2011年。

4. 梁章钜、梁恭辰：《楹联丛话全编》，白化文、李鼎霞点校，北京：北京出版社，1996年。

5. 吴恭亨：《对联话》，喻岳衡点校，长沙：岳麓书社，1984年。

6. 龚联寿：《联话丛编》，南昌：江西人民出版社，2000年。

7. 胡君复原编；常江点校重编：《古今联语汇选》，北京：西苑出版社，2002年。

8. 广文编辑所：《楹联丛编》，台北：广文书局，1981年。

9. 顾平旦、常江、曾保泉：《中国对联大辞典》，北京：中国友谊出版公司，1991年。

10. 龚联寿：《中华对联大典》，上海：复旦大学出版社，1998年。

11. 谷向阳：《中国对联大典》，北京：学苑出版社，1998 年。

12. 中国楹联学会：《中国对联集成》，北京：九州出版社，

2015年。

13. 中国楹联学会：《实用楹联手册》，深圳：海天出版社，2014年。

14. 白化文：《闲谈写对联》，北京：中华书局，2007年。

15. 常江：《中国对联谭概》，北京：华夏出版社，1989年。

16. 常江：《对联知识手册》，北京：中国青年出版社，1990年。

17. 余德泉：《对联纵横谈》，上海：上海古籍出版社，1985年。

18. 余德泉：《对联通》，长沙：湖南大学出版社，1998年。

19. 李文郑：《对联基础知识》，郑州：河南人民出版社，2005年。

20. 严海燕：《对联通论》，西安：三秦出版社，2009年。

21. 张小华：《全民国联话》，郑州：河南文艺出版社，2013年。

22. 宋彩霞、孙英：《楹联文化概论》，北京：高等教育出版社，2016年。

23. 谷向阳：《中国楹联学概论》，北京：昆仑出版社，2007年。

24. 谷向阳、刘太品：《对联入门》，北京：中华书局，2007年。

25. 刘太品：《古今行业楹联》，北京：中华书局，2008年。

26. 刘太品：《中华春联实用手册》，北京：中华书局，2010年。

27. 刘太品：《名家联集丛编》，香港：中国诗词楹联出版社，2008年。

28. 刘太品：《近代对联作法丛刊》，香港：中国诗词楹联出版社，2011年。

后 记

2017 年 11 月 20 日，中央电视台“机智过人”栏目推出三位对联高手与对联机器人“小薇”的“人机大战”节目，本书作者受邀为节目出题。在首场“无情对”的比赛中，机器人险胜过关，但在随后的以歌词“最美的不是下雨天，而是与你躲过雨的屋檐”的意境为主题的成联比赛中，机器人只写出一副粗陋的七言联：

回眸已是当年少；
归思何知此日同。

而两位对联高手则写出极具情韵的两副长联：

两情缱绻忆当时，最难忘携手春衫，雨中浅笑；
千种相思寄无处，更哪堪伤心秋叶，檐下乱飞。

——贾雪梅

檐角挂春寒，忆当时细雨绵绵，几瓣桃花忽憔悴；
天涯寻旧梦，闻此际清歌袅袅，一些心事渐迷离。

——金锐

机器人在“格律诗”和“现代诗”两场比赛中战胜人类之后，却在“对联”的比赛中完美落败。这首先说明在文学层面上机器人并无“感情”可以抒发，永远无法比拟人类情感的细腻曲折。其次从文体层面上说，对联因上下联对仗的拘牵，在语言的驾驭难度上是超过律诗和现代诗的，加之对联句式可随意变化，写作中的程式化因素较小，才华发挥的自由度极高。最后从语言角度来说，诗歌前后句之间在内容上可以有很大的跳跃，但对联只能在下联起句时有所跳跃，联内各分句之间，语意必须紧密相连。基于以上原因，机器人在对联领域想战胜人类，目前看，遥遥无期。由此我们得出这样一个结论：律诗已经成为形式上僵化的文体，现代诗则属于基本上没有定型的文体，只有对联才是处在发展中的“活的文体”。

在现代社会条件下，包括在未来的社会发展中，任何传统文化形式都只能以“小众文化”的形式传承和发展，但对联以其先天的优势，有条件比其他文艺形式更为普及，更容易融入社会主流文化之中。

本书旨在从文化角度来谈对联，所以对于一些技术层面的内容，如对偶、声律和写作手法等，着墨不多，这是由本丛书的性质所决定的。“形而上者谓之道，形而下者谓之器”。只有对一种事物有了宏观层面的了解和整体的把握，对于微观层面的认识才会“势如破竹”，对于微观层面的操作才能“游刃有余”。

文化是一条长河，任何置身于其中的人只能是一条波纹或一朵浪花。只要在对联文化中存在过，自然会对对联文化起到“香火传承”的作用，而对联文化也会反过来浸润我们的心灵，丰富我们的人生。愿以此与热爱中华传统对联文化的读者诸君共勉。